文春文庫

江戸彩り見立て帖

粋な色 野暮な色

坂井希久子

文藝春秋

目次

江戸彩り見立て帖　粋な色　野暮な色

濡れてのちは

一

目の前の小鍋で、泥鰌《どじょう》がくつくつと煮えている。醬油味の出汁《だし》が適度に煮詰まって、甘辛い香りが鼻腔を満たす。

大きな台の上には他にも鯛の造りに平目の昆布締め、蒸し蛤《はまぐり》に鰻と、豪勢な料理が並んでいた。染付や赤絵の皿に塗り椀、醬油皿に至るまで格調高く、もはや触れてみるのも恐ろしい。

「ぼんやり眺めてたら焦げてしまいますえ、お彩《あや》はん」

気後れして箸も取れずにいたら、横からにゅっと腕が伸びてきた。京紫《きょうむらさき》の袖を揺らし、右近《うこん》が伊万里《いまり》焼だという小皿に泥鰌を取り分ける。「どうぞ」と皿を差し出され、お彩は「すみません」と肩を窄《すぼ》めた。

こちらは深川、永代寺《えいたいじ》門前町の料理茶屋である。微《かす》かに水の音がするのは、裏に水路が巡らされているからだ。客は船で直接乗りつけて、店の中へと案内される。

まさかこの類いの料理屋に、足を踏み入れる日がくるとは思わなかった。床の間には蠟梅《ろうばい》が活けられて、山水を描いた水墨画の軸が掛かっている。襖絵《ふすまえ》の松は枝振りが大胆で、こちらも名だたる絵師の手になるものかもしれないが、お彩には錦絵以外のことが皆目分からない。ただひたすら高そうだと、圧倒されるばかりである。

「やっぱり江戸前の魚はよろしおすなぁ。これは京では味わえまへんわ」

鯛の刺身を口に含み、右近が目元を蕩《とろ》かした。頑なに京紫を着続けているこの男も、どうやら海への憧れは強いようだ。大海原の景観や海の幸は、素直に褒める傾向にある。

「ほれお彩はんも、ぎょうさん食べとくれやす。あ、お酒も注ぎまひょか」

「いいえ、お酒はいいです」

燗徳利を目の高さに持ち上げた右近を、お彩は手で押し留める。紅葉狩りの際の失敗から、酒は二度と飲まぬと心に誓った。どうせ右近は、それを承知で勧めているのだ。相変わらず嫌みったらしい男である。しかし刷毛目《はけめ》の酒器までが由緒ありげで、怒る気も失せてしまう。

口元に手を添えて、お彩は声を潜めて尋ねた。

「あの、こういうお店ってお幾らくらいするんですか」

「はて。お料理だけなら、金一分ゆうところですかな」

「二人で？」

「いやいや、一人前で」

ならば金二分、つまり一両の半分だ。料理だけと言うなら、酒はまた別なのだろう。あまりの値段に眩暈《めまい》がしてくる。

「これにさらに、花代がつくんですよね」

「そうどすな。せやけど仕事に必要なかかりです。人気役者に袖の下握らせるのに比べたら、はるかに安上がりどすわ」

右近の言うとおり、たとえば菊五郎《きくごろう》や海老蔵《えびぞう》といった千両役者を贔屓《ひいき》しようと思ったら、この程度では済まないだろう。高いものをむやみに食べて、贅沢をしようというのではない。これもまた、仕事である。

お彩は意を決し、震える手で箸を取る。漆塗りの箸はつるつるとして、ぬめり気のある泥鰌がうまく摑めない。難儀しているところへ、締め切った障子の向こうから「失礼します」と声がかかった。

右近の応《いら》えを聞いてから、するすると障子が開く。濡れ縁に、頭を島田に結った女が二人控えていた。

「お待たせをいたしました。アタシが蔦吉《つたきち》、こちらは妹の麻吉《あさきち》と申します」

手前の女が手をついて名乗り、すっきりとした薄化粧の顔を上げる。傍らには、三味線箱が置かれている。

「待っとりました」と、右近が大仰に手を叩いた。

深川は江戸の辰巳の方角。ゆえにその地に根差す芸者は辰巳芸者と呼ばれている。

気風《きっぷ》がよくて情に厚く、冬でも足袋を履かずに裸足のまま。かつては男のように黒羽織を纏《まと》い颯爽と歩いていたというが、今やその風習は廃れたようだ。しかし芸名は、ご公儀の目をごまかすためにも男の名で通しているらしい。

そんな深川で最も勢いがある芸者として名が挙がるのが、この蔦吉である。三味線をよく弾き声も美しく、なによりその潔い気質が大いに好まれ、十年近くも不動の人気を誇っている。

となればそれなりの年増だろうに、辰巳芸者らしい薄化粧がよく似合い、佇《たたず》まいが清々しい。銀鼠《ぎんねず》の一つ紋に御納戸《おなんど》色の内着、麻の葉模様の緋襦袢《ひじゅばん》をちらりと覗かせて、黒繻子《くろじゅす》の鯨《くじら》帯をきりりと締めている。

帯の結びかたがまた一風変わっていて、ついそこに目がいってしまう。

「話はそれだけかい。ならアタシは一曲弾いて失礼するよ」

ぼんやりと見惚れているうちに、話は先へと進んでいる。蔦吉の口から断りの文句が飛び出して、お彩はハッと正気に返った。

「まぁ、ちょっと待っとくれやす」

畳に湊鼠《みなとねずみ》の反物を広げた右近が、相手の機嫌を取り結ぶような笑みを見せる。少しくらい邪険にされても、慌てず騒がず、おっとりと構えている。

「まだお話は途中ですよってに」

「いいや、だいたい分かったよ。その湊鼠を深川鼠《ふかがわねずみ》と名づけて売り出すから、力添えをしろってんだろ。好きにすりゃいい。アタシはなにもしないけどね」

のらりくらりとした右近の口調と、蔦吉のそれは対照的だ。まどろっこしくて皆まで聞いていられないとばかりに、ひらひらと手を振った。

すでに師走《しわす》。旦那衆の寄り合いや文人墨客《ぶんじんぼっかく》の書画会も多く、蔦吉は多忙であるらしい。それでも無理を言って来てもらったのは、新しい色を売り出したいがためである。

正月の初売りまで、もはやさほどの時はない。深川鼠と名づけた色がこの地に浸透してゆくのを、待っていられるほどの余裕はないのだ。

そこで右近は深川鼠の着物を辰巳芸者に無料で配り、着てもらってはどうかと考えた。芸者というのは衣装も髪飾りも自前なのだから、絹物を喜ばぬはずがあるまい。ある程度の人数が集まれば、深川の粋筋で流行《はや》りはじめた色として売ることができる。

という心積もりだったのだが。伝手《つて》を頼って話を持ちかけた辰巳芸者が皆、「そういうことなら蔦吉姐《ねえ》さんに聞いとくれ」と口を揃えたのだという。

蔦吉の人気は客に留まらず、同業の女たちからも慕われており、誰もがその意見を気にかけているようだ。よそ者からの胡散《うさん》臭い依頼ならなおのこと。まず蔦吉に、白黒をつけてもらいたいらしい。

つまり蔦吉さえ首を縦に振れば、辰巳芸者の助力は得られるというわけだ。そこであらためて、こういう席を設けたのである。

しかし相手は手強かった。話は終わったとばかりに、早くも三味線箱を開けている。さっさと一曲弾いて、義理だけは果たして帰ろうというのだ。

「まぁまぁ、せめてわけを聞かしとくれやす。お渡しした着物を、ただ着てくれはるだけでええんどす。なんも損はあらしまへんけどなぁ」

浮かべた笑みを絶やすことなく、右近が不思議そうに首を傾げる。そのわざとらしさに、蔦吉はフンと鼻を鳴らした。

「そうやって、こっちの足元を見てるのが気にくわねぇ。芸者ごとき、着物の一枚や二枚でもやれば大喜びすると思ってんだろ。お生憎様《あいにくさま》。見返りになにを求められるか分かったもんじゃない。ほいほい釣られてたまるかってんだ」

「そんな、見返りやなんて。正月二日の初売りの日に、うちの店で三味線でも弾いてくれへんかなぁというくらいで」

「ちゃっかり考えてるんじゃないか」

蔦吉は右近の傍に侍《はべ》りもせず、正面に座ったままである。その代わりに麻吉が、空になっていた盃に酒を注いだ。お彩にも一杯どうかと燗徳利を差し出してきたので、首を振って断った。

麻吉は、まだ二十歳前というところか。若くともやはり辰巳芸者。利休鼠《りきゅうねず》の裾模様に葡萄《えび》色の内着という、地味な装いである。

そんな麻吉に、右近は「ほな」と目を向けた。

「麻吉はんへのご祝儀としてなら、もろうてくれますか？」

蔦吉のまなじりがぴくりと動く。今日のこの日を迎える前に、右近は彼女らの来歴を調べていたのだ。

先輩を姐さん、後輩を妹と呼ぶのは芸者の常。しかしこの麻吉は、蔦吉の実の妹なのだという。ふた親を早くに亡くし、蔦吉は歳の離れた妹を娘のように育てたそうだ。

その麻吉が、近々祝言《しゅうげん》を控えている。相手は深川の油問屋の旦那で、歳は二十近く上ではあるが、妾ではなく本妻として迎え入れようというほどの入れ込み具合。後添いとはいえ忘れ形見の子供もおらず、ならばよかろうと蔦吉の許しを得たのである。

やれ玉の輿だと噂になってはいるが、一見《いちげん》の客に話を振られては愉快でなかろう。蔦吉は、「お気遣いなく」と片頬を歪《ゆが》ませた。

「縁もゆかりもないお人からそんなものをもらわなくたって、旦那がちゃあんと手配りしてくだすってるんでね。立派な白無垢の花嫁衣装だって届いてるんだ。ね、麻吉。一昨日《おととい》来やがれと言ってやんな」

血が繫がっているとはいえ、麻吉は姉ほど勝ち気ではないようだ。促されても曖昧に、口元を窄めて見せるだけ。気の利いた切り返しをするでもなく、困り顔で笑っている。

どうやら控えめな性格らしい。そういうところがかえって、油問屋の旦那の心を引きつけたのかもしれないが。意気と俠気が売りの辰巳芸者としては、物足りなさを感じさせた。

妹の不甲斐なさには慣れっこなのか、蔦吉はそれ以上けしかけることなく、「ともかくね」と衿元を引き締める。

「日頃なにかと世話になってる深川の旦那たちなら、ひと肌脱ぐのもやぶさかじゃないけどさ。縁もゆかりもない日本橋。しかも京から来たよそ者とくりゃ、アタシが手を貸す義理がないね。金や物につられるほど、辰巳芸者は落ちぶれちゃいねぇのさ」

芝居ならばここらへんで見得を切りそうな、威勢のいい啖呵《たんか》である。これぞ町芸者にも一目置かれる辰巳芸者。右近がやり込められるのが珍しく、お彩は思わず手を叩いてしまった。

蔦吉の鋭い目が、はじめてこちらに向けられる。お彩の風体《ふうてい》をさっと見て、「お前さんはなんだい」と問うてきた。

「人のことをさっきから、物珍しげに見やがって。言いたいことがあるんなら、はっきり言やぁいいじゃないか」

右近とばかり話していたのに、お彩の無遠慮な視線にもちゃんと気づいていたようだ。そんなにあからさまだったか。しかし好奇の虫が抑えきれない。

「よろしいんですか？」と、お彩は頬に手を当てた。

「ああ、まどろっこしいのは好きじゃない。さっさと言いな」

「はい、じゃあお尋ねします」

そう言いながら、思わず知らず身を乗り出す。そして最前から気になっていたことを、ひと息に問いかけた。

「その帯結び、どうなっているんですか？」

知りたいという気持ちが先走り、なんの脈絡もない問いかけになった。その場にいた誰もがぽかんとして、奇妙な間ができてしまう。

蔦吉の帯結びは、お彩がはじめて目にするものだった。背面は路考《ろこう》結びに似ているが、微妙に違うようだ。どうやら垂れを結ばず折り込んで、平打ちの組紐で留めてある。その組紐を腹側で飾り結びにし、胸元には小布《こぎれ》をあしらっていた。

「そんなことが、ずっと気になっていたのかい？」

蔦吉が毒気を抜かれたように、己の胸元に目を落とす。

お彩は「はい！」と、力いっぱい頷《うなず》いた。

「フッ！」と息が抜ける音がしたと思ったら、右近が口元を手で押さえている。

笑いが堪えきれなかったようで、その肩は小刻みに震えていた。

二

「ええっと。帯を胴に二巻きして、垂れを上にして結べばええんどすか？」

お春《はる》が羽二重の袱紗帯《ふくさおび》を胴に巻き、両端を手に持ったまま尋ねてくる。

同じようにお彩もいったん解いた帯を巻き直し、腹側でキュッと締めて頷いた。

「そうです。結んで垂れの先を引き抜かないようにするところまでは、路考結びと同じです」

路考結びとは、人気女形であった二世瀬川菊之丞《せがわきくのじよう》の舞台姿から流行した帯結びである。宝暦の昔から今に至るまで、多くの女たちが帯をその形に作ってきた。かく言うお彩も、たいていはこの結びかたである。

「普通ならここからもう一度手先と垂れを結ぶところですけど、それはせず、長い垂れは内側に折り込んで紐で留めます。弓なりに、丸く形を作るんですって。手先もその中に差し込んで、一緒に紐で留めてしまうんです」

手順を説明しながら、帯を形作ってゆく。路考結びならば二度目の結び目が芯になって帯を支えてくれるのだが、この結びかたでは心許ない。そこで登場するのが、細長い小布である。

「あとはこの小布を輪に通して、帯がしっかり体に沿うよう結んでおきます。これで出来上がりです」

お彩は腹側で結んだ帯を、背後に向くようくるりと回す。それから帯を留めている平打ち紐を、あらためて形よく結び直した。小布も同様に、綺麗に整えて帯に差し込む。すべて隠してしまわずに、ちらりと色を覗かせるのが肝らしい。

蔦吉から教わった、帯結びのおさらいである。なんでも文化十四年に亀戸天神《かめいどてんじん》の太鼓橋が再建された際に、蔦吉の姐さんたちがこれを考えて結んだという。背後に背負った帯の、弓なりに丸くなったところが太鼓橋を模しているというわけだ。

ゆえにその名もお太鼓結び。素人の女はおろか、粋筋にもなぜか広まってはいないようだ。従来の結びかたなら帯一本で済むものを、わざわざ紐や小布まで用意しなければいけないのだからさもありなん。しかしお彩には、それが面白く感じられた。

「これでよろしおすか？」

お春も帯を後ろに回し、ちんまりとした手で紐と小布を整える。

いつも着替えや休憩などに使わせてもらっている、塚田屋《つかだや》の奥の間である。

本日は朝のうちから色見立ての依頼が入っており、それを終えてお春と共にこの部屋で昼餉《ひるげ》を食べた。

昨夜の深川での首尾がよくなかったことは、右近から伝わっていたようだ。お春は

「大変どしたな」とお彩を労い、「ところでお太鼓結びゆうのは、どういう形どす？」と尋ねてきた。

　せっかく呼んだ蔦吉に三味線を弾かせもせず、帯結びのしかたを根掘り葉掘り聞き出したことまで筒抜けらしい。どうせ右近は、その様子を面白おかしくお春に語り聞かせたのだろう。今も店で客の相手をしているであろう狐面を、お彩は心の中で軽く呪った。

　ともあれ、お太鼓結びである。自分でもやってみたいと思ったが、家に手頃な紐がなかった。そこでお春に紐と小布を用意してもらい、昼餉の膳を片づけてから取り組んでいたというわけだ。

「そうです、いい感じです」と、お彩は頷く。

　今日のお春の装いは、柑子《こうじ》色の友禅に璃寛茶《りかんちゃ》の帯。そこに鴇《とき》色をした丸打ちの紐を締め、胸元の小布は赤香《あかこう》色である。

　お彩は仕事着としてお馴染みの白地に沈香茶《とのちゃ》の万筋に、紺の博多帯。紐は鶯茶《うぐいすちゃ》の平打ち、小布は梔子《くちなし》色を選んでみた。

　己の胸元を見下ろして、お春が感心したように息をつく。

「はぁ、なるほど。お彩はんが気にしはったわけが分かりますわ。装いに、彩りが増えるんどすな」

「そう、まさにそれです！」

気が昂ぶって、お彩はお春の手を取らんばかり。すんでのところで思い留まり、自らの手を握り合わせる。

「ただの紐と、ほんの少ししか顔を覗かせない小布が加わるだけで、がらりと表情が変わりますよね。着物と帯が同じでも、私とお春さんの紐を取り替えるだけでほら、趣《おもむき》が違う。なんて面白いんでしょう」

ためしに鶯茶の紐の端を、お春の胴に当ててみる。この取り合わせだと、着姿はぐっと渋くなる。

こんなふうに僅かな色を足すだけで、印象を変えることができるなんて。着物や帯をたくさん持てない庶民でも、これならば気軽にお洒落を楽しめる。お上からは奢侈《しゃし》を諌めるお触れが度々出されているが、紐や小布にまでは目をつけるまい。

そう考えるだけで、心が浮き立つ。このお太鼓結びは、今までになかった大発明に違いない。

「失礼します。入ってもよろしおすか」

「はい、どうぞ」

すっかり舞い上がっていたせいで、すんなりと返事をしてしまった。縁側に面した障子が開き、右近が顔を覗かせる。部屋の中で立ったまま向かい合っている女二人を見て、「おや」と切れ長の目を細めた。

「やっぱりお太鼓結びを試してはったんどすな」

お春が女中に命じて紐と小布を集めていたので、そうだろうと見当をつけたらしい。昼の休憩ついでに、どんなものかと様子を見に来たという。

「お彩はんに教えてもろうたら、すぐできました。いかがどす？」

「そらもう、お似合いどすわ」

右近の褒め言葉は、まんざら世辞でもないようだ。華やかさの増したお春の姿を、満足げに眺めている。ついでにお彩にも目を向けて、「これはまた、それぞれの好みがよう出てますなぁ」と顎をさすった。

お春に比べて、お彩の帯周りは落ち着いた取り合わせである。江戸っ子らしい渋好みが表れていると、自分でも思う。

「ええ、本当に人それぞれ。この帯結びが流行ったら、町を歩くのがもっと楽しくなりそうです」

往来を行き交う人々の着こなしを見て、目を肥やすのもお彩の喜び。江戸の町に色彩が増えるのならば、願ったりである。

「それはええ。でもその前に、深川鼠を流行らさなあきまへんけどな」

「あ、そうでした」

べつに、忘れていたわけではない。ただあまりにも心惹かれるものに出会ったせいで、頭の片隅に追い遣られていただけのこと。

決まりの悪さをごまかすように、お彩はわざとらしく頰を掻いた。


そうまずは、流行り色を作らねば。

しかも今のところ、そのための仕掛けはうまく進んでいなかった。

流行り色を作れとけしかけてきた刈安《かりやす》は、今日もやはり留守である。

どこをほっつき歩いているのか知らないが、こちらの動きを邪魔するつもりもないらしい。お彩を侮っているせいか、お手並み拝見とばかりに静観している。

どうせ失敗すると思われているんだわ。

そう考えると悔しいが、実際に雲行きは怪しかった。湊鼠を深川鼠と改めて売るという思いつきは、悪くはないと自分でも思う。だがそれで評判を呼ぶためには、どうしたって深川界隈の力添えが必要だ。

それなのに、蔦吉は最後まで首を縦に振ってはくれなかった。

金や物ではなく、義理のために動くのが辰巳芸者。蔦吉はその鑑《かがみ》のような存在だ。

「これはアタシの信念だから、他の子たちにまで押しつけるつもりはないよ」

とは言っていたが、彼女を口説き落とせぬかぎり、他の芸者衆の助けも得られはしないだろう。

しかし右近は帰り支度をはじめた蔦吉をそれ以上引き留めもせず、「しょうがないですなぁ」と見送った。

「呉服についてのご相談があれば、いつでも本石町二丁目《ほんごくちょう》の塚田屋まで」

最後に店の宣伝を忘れなかったのは商人魂かもしれないが、あの蔦吉が頼ってくるとも思えない。

「この先はいったい、どうするつもりなんですか」

お彩にお春、それから右近の三人で、火鉢を囲む。火の勢いが衰えてきたので、お彩が火箸を手に炭を掻く。

「さて、どないしまひょか」

染付の丸火鉢に手をかざし、右近はひょいと肩をすくめた。

深川鼠という色を、売り広めるのは自分の仕事。そう請け合っておきながら、早くも手詰まりというのだろうか。

「どないしまひょ、じゃありませんよ」

もしも思い描いたとおりの評判が得られなかったら、大量に仕入れた反物はどうなってしまうのか。右近の進退が危うくなるばかりでなく、店に損を出させてしまう。しくじったときのことを考えると、胃が痛くなりそうだ。

「まぁまぁ、お彩はん。焦ったかてしょうがありまへん。できることから考えていきまひょ」

お春はその点おっとりとした見た目によらず、肝が据わっている。良人《おっと》である刈安の振る舞いには、彼女も静かに怒っているのだ。

「流行り色を作れと言われても、いつまでにとは言われてまへんやろ」

そう言って、にっこりと笑ってみせる。案外こういう人こそ、敵に回すべきではないのかもしれない。

「ええ、そのとおり。じっくりいきまひょ。深川鼠は、まず深川で流行ってもらわなあきまへんしな」

「流行りそうにないから、困っているんですけども」

「そうどすか。わては昨夜《ゆうべ》蔦吉はんに会《お》うて、これならいけそうやと思いましたけどな」

「どこがですか」

なぜそんな望みを抱けるのだろう。昨夜のやり取りを思い返してみても、蔦吉には取りつく島もなかった。お彩に帯結びを教えてくれたのは、姐さんと呼ばれる立場の面倒見のよさゆえだ。

それでも右近は自信ありげに、「ほれ、蔦吉はん本人が言うてましたやろ」と目配せを寄越してくる。

「わてらには、手を貸す義理がないって。つまり義理さえあればええわけですわ」

たしかに言っていた。義理と人情に厚いのが辰巳芸者だ。世話になった相手のことは、決しておろそかにはするまい。

「でも義理なんて、一朝一夕にできるものじゃないでしょう」

「そうどすなぁ。深川の料理茶屋に頻繁に通って、その都度蔦吉さんをお座敷に呼べば、ちょっとくらいは感じてくれると思いますけど」

「そんな悠長なことをしている場合ですか」

頻繁に通うと言ったって、新年の初売りまでひと月もないのだからたかが知れている。蔦吉から上得意と認めてもらうには、時が足りない。

だいたい料理だけでも一人前金一分。それに酒と芸者の花代がついて、いったいいくらになるというのか。仕事に必要なかかりと右近は言うが、お彩はどうしても庶民の感覚でものを考えてしまう。

「やっぱり正月までにはどうもなりまへんかな」

「ええ、ならんと思いますわ」

お春にまでかぶりを振られ、右近は「ははは」と乾いた笑い声を立てた。どうも上っ面らしい笑顔である。

出会ってから、一年と少し。これはまだ、なにか手の内を隠している。

「回りくどいことはやめてください。なにか、考えがあるんですね？」

「はてさて。あるような、ないような」

まったく、苛立たしいったらありゃしない。せっかちな江戸っ子と、この男の相性は最悪だ。

お彩の表情が引きつったのを察したか、右近は「まぁまぁ」と手を上下に振って宥めにかかる。

「わての勘が正しければ、義理は向こうから歩いて来てくれると思いますわ。そのための、種は蒔いたつもりどす」

その弁明も、けっきょく意味が分からない。お春も首を傾げており、思わず顔を見合わせた。

「ま、しばらく様子を見てみまひょ」

右近はそれ以上のことを、説明する気がないらしい。この話は終わりとばかりに、手を叩いた。

三

右近が店に戻ってから、化粧を落とし、着物を着替えた。

昨日は遅くなってしまったが、今日は日が高いうちに帰れる。夕餉《ゆうげ》をどうしようと考えて、お彩は台所に置いた折り詰めの中身を思い浮かべる。

料理茶屋で出された料理は緊張のあまり喉を通らず、折に詰めてもらって持ち帰った。その残りがまだあるはずで、冬だから悪くなってもいないだろう。

あれだけの品数があれば、二日三日は食いつなげるわ。

普段の夕餉は飯に汁と漬物、それに青菜の浸し物や煮豆でもつけば上等だ。折り詰めの中でも腐りにくい煮物などは、明日に回そうかしらとみみっちいことを考える。いつまで経っても絹の着物が着慣れないのと同様に、贅沢が身につかぬ性分である。

何度も水を潜《くぐ》らせた木綿は、くたりと馴染んで心地よい。塚田屋の奥で働く女中よりも質素な身なりで、お彩は裏口から外に出た。

次の色見立ては三日後だ。そのころには右近が蒔いた種とやらは、無事に芽が出ているのだろうか。

まぁいいわ。右近さんに任せておきましょう。

色には多少聡くとも、お彩は商いの素人だ。一方の右近には、塚田屋を切り盛りするだけの才覚がある。しかも家にはめったに寄りつかず、散財ばかりする店主を抱えながらだ。

心配しなくても大丈夫よ。と己に言い聞かせ、お彩は寒風に身をすくめる。裏口を出たところの路地が、風の通り道になっている。

追い風に煽られるようにして、本石町の表通りへと足を踏み出した。すぐ右手が塚田屋の表口で、店先には屋号を染め抜いた大暖簾《のれん》が下がっている。

相変わらず、色褪せも汚れもない暖簾である。紺屋から引き取ってきたばかりのような藍色には、いつ見ても感心させられる。

その暖簾の手前に、女が一人立っていた。渋い拵《こしら》えで、ひと目で玄人と分かる佇まい。店の中を気にかけているようだが、なぜか入ろうとはしない。彼女が着ている利休鼠の小袖には、見覚えがあった。

義理は向こうから歩いて来てくれると、右近は言った。まさかと思いながら、お彩は女に近づいてゆく。

「あの、麻吉さん」

呼びかけると、女はハッと息を飲んで振り返った。

姉の蔦吉よりも柔和な、麻吉の顔がそこにある。

しかし相手はお彩のことが分からず、困ったように瞬《まばた》きをしている。化粧を落とし、身なりも変えているのだから無理もない。

「昨夜のお座敷で、お世話になりました。塚田屋の右近さんと、一緒にいた者です」

腰を低くして、自ら名乗る。すると麻吉は、合点したように「ああ」と頷いた。

「あの、帯結びの」

恥ずかしい覚えられかたではあるが、そのとおりに違いない。

お彩は頬が熱くなるのを感じながら、「ええ、そうです」と微笑んだ。

「はい、お待ちどお」

看板娘の掛け声と共に、膝先に折敷《おしき》が置かれる。甘やかな湯気を上げているのは、餅入りの汁粉だ。豪勢なことに、栗の甘露煮まであしらわれている。

「ひとまずは、これであったまっとくれやす」

店売りの汁粉屋の、小上がりである。お彩の隣に座る右近が、「どうぞ」と麻吉を促した。

この寒空の下を、深川から歩いてきたなら冷えているはずだ。辰巳芸者の心意気で、麻吉は今日も足袋を履いていない。湯気に触れて寒さを思い出したのか、身震いをひとつしてから「じゃ、遠慮なく」と塗り椀を手に取った。

お彩もまた汁粉を啜《すす》る。甘さの中にほのかな塩味が感じられ、後を引く旨さである。

七厘で焼き目をつけた餅の香ばしさが溶け込んで、いい風味になっている。

しばらくは、ものも言わずに汁粉を食べた。つけ合わせの塩昆布に箸が伸びる頃合いを見て、右近が「おおきにどすえ」と笑顔を見せる。

「さっそく訪ねてきてくれはったんどすな。嬉しおす」

呉服についてのご相談があれば、いつでも本石町二丁目の塚田屋まで。そんな宣伝文句を真に受けて、麻吉は本当にやって来た。まさに呉服について、相談したいことがあるというのだ。

そういうことなら店で話を聞いてもよかったはずだが、右近は気を利かせて彼女を汁粉屋に伴った。温かいものを食べて多少は気持ちがほぐれたらしく、麻吉は「ふう」と腹の底から息をつく。

「いきなり来てしまって、すみませんね。一人で思い悩んでいても、埒《らち》が明かなくて」

「ええ、構やしまへん。花嫁衣装に、なんぞ不備でもおましたか」

話が急に飛躍して、お彩は内心首を捻《ひね》る。花嫁衣装とは、麻吉の嫁ぎ先から贈られたという白無垢のことか。だがそれが、いったいどうしたというのだ。

「なぜ、それを」

麻吉がぎょっとして目を見開く。話の流れから取り残されているのは、お彩ばかりだ。

「ただの当て推量どすわ」

右近は汁粉を食べ終えて、涼しい顔で番茶を啜る。

なんでも昨夜のお座敷で蔦吉が「立派な白無垢の花嫁衣装だって届いてるんだ」と言ったとき、麻吉の肩がびくりと跳ねたらしいのだ。右近はその、わずかな変化を見逃さなかった。

花嫁衣装になんの問題もなければ、そんな反応をするはずがない。

「その後困った顔をしてはりましたし、大丈夫やろかと気になってましたんや」

お彩は麻吉の曖昧な笑みを、控えめな性格と判断した。しかし右近は、鋭い目で彼女の表情を窺っていたのだ。

花嫁衣装に不首尾があれば、呉服屋として力になれることもあるはず。そこで右近は「本石町二丁目の塚田屋」と、あらためて所在と屋号を告げ知らせた。

縁もゆかりもない日本橋、しかも京を本店とする、江戸店である。深いつき合いがないからこそ、相談できることもあろう。

麻吉は箸を置き、指先で軽く目頭を押さえた。張り詰めていたものが、一気に緩んだようである。

それでも涙を流しはせずに、凜とした眼差しを向けてくる。この人はやはり、あの蔦吉の妹なのだ。

「そこまで分かっているなら話が早い。深川の呉服屋に、こんなことは頼めませんのでね」

馴染みの店は、嫁ぎ先の油問屋とも懇意である。下手なことを頼めば、先方にも筒抜けになってしまう。

つまり麻吉は、油問屋の旦那に知られることなく問題を片づけたい。その意を汲んで、右近は「ご安心ください」と頷きかけた。

「わてらは油問屋はんとはなんの面識もおまへんよって。お客の秘密は守ります」

ならばと麻吉は居住まいを正す。

右近とお彩を正面に見据え、ひと息にこう言った。

「ではお願いいたします。先方から贈られた白無垢と、そっくり同じ物を仕立ててください」


油問屋の旦那から贈られたのは、紅裏白綸子《もみうらしろりんず》の打掛と白練帽子。存分に着飾って、住み慣れた家から嫁いで来てほしいという気遣いであった。

その打掛と、そっくり同じものが必要だと麻吉は言う。おそらく値は嵩むだろうが、「少しずつお支払いします」と頭を下げた。

汁粉屋の看板娘が、空になった椀を引きにくる。「ごゆっくり」と娘が去るのを待ってから、右近が尋ねた。

「わけを聞いても、よろしおすか？」

顔を上げた麻吉の、瞳が迷うように揺れた。

だがすぐに、「ええ」と頷く。どうやら覚悟を決めたらしい。

番茶の湯呑みを引き寄せて、麻吉はぽつりぽつりと語りだした。

「私は姉と共に、深川黒江町《くろえちょう》の長屋に住んでおります。同じ町内に、売れない絵師がおりましてね」

絵師の名は、歌川忠国《うたがわただくに》という。勝手に名乗っているだけで、歌川一門でもなんでもない。元は御家人の三男坊で、継ぐべき家督もなく絵を志したという。

しかし市井に交じっても、武士としての矜持が抜けきらない。師についたところで素直に教えを聞くことができず、破門続き。技量が上がるはずもなく、下手な団扇《うちわ》絵を描いて細々と食いつないでいる半端者だ。

麻吉はそんな男にかねてから、惚れ込まれていたのである。

無論一緒にはなれないと断ったし、蔦吉も「一昨日来やがれ」と追い返した。それでも男は諦めず、しつこく言い寄ってきたそうだ。

「油問屋の旦那から、後添いになってほしいと申し込まれたのはそのころです。とてもいい人ですし、姉も喜んでくれたので私に否やはありませんでした。あの絵師も、さすがに諦めてくれるだろうと思っていたんですが」

縁談がまとまったと伝えると、絵師はその場に泣き崩れた。本心かどうかは別にして、「分かった。幸せになりな」とも言ってくれた。

絵師の執着にはうんざりしていたから、麻吉はよかったと胸を撫で下ろしたものである。

だが、それだけでは済まなかった。祝言の日取りが年明けに決まり、旦那から花嫁衣装が贈られて、幸せの階段を上っているかに思えた麻吉だったのだが。数日前に白無垢が収められた行李《こうり》を開けて、愕然とした。

「いただいたときにはたしかに、シミひとつない真っ白な打掛でした。姉の前で、羽織って見せたこともあります。でもそれが、すっかり変わり果てていたんですよ」

純白だったはずの打掛には、筆の跡があった。慌てて広げてみたところ、背中に大きく、不細工な猫の絵が描かれていたという。

「すぐに、あの絵師の仕業と分かりました。なぜならあの人、猫しか描けないんです」

長屋の戸には、鍵なんていう上等なものはついていない。花嫁衣装がそこにあると知った絵師は、姉妹の留守を狙って忍び込んだのだろう。二人がお座敷に出ている夜ならば、少しくらい長居しても見つかりはしない。

「なんてひどい」

同じ女として、お彩は麻吉に同情を寄せた。花嫁衣装とは縁のない庶民でも、漠然とした憧れは抱いている。幸せを練り固めて形にしたような打掛を汚すなんて、言語道断の行いである。

「その絵師のことは、きっちり問い詰めはったんどすか」

右近もまた、眉をひそめて問いかける。

麻吉は「いいえ」と首を振った。

「いったいどこに行ったのか、それっきり行方が知れないんですよ。だからまだ、詫びの一つもありゃしません。旦那に申し訳ないやら情けないやらで、誰にも言えずに今日まできました」

なるほど麻吉は、せっかくの贈り物が駄目になってしまったことを、旦那に知られたくはなかったのだ。

ありのままを打ち明ければ、便宜を図ってくれるに違いない。だがきっと、相手を落胆させてしまう。絵師との間に本当はなにかあったのではと、痛くもない腹を探られかねないのも嫌だった。

「蔦吉さんにも、なにも話してはいないんですか?」

尋ねると、麻吉は「ええ」と頷いた。

「姉はあのとおりまっすぐな気性ですから、知ればすぐ旦那に詫びを入れに行きますよ。面目よりも、筋を大事にする人です。そういうところを、尊敬しちゃいますけどね」

そう言いつつも、口元には苦い笑みが浮かんでいる。筋を通そうとする姿勢は立派だが、それが必ずしも身内を幸せにするわけではない。

「ようするに麻吉はんは、面目を守りたいわけどすな」

「そうです。せっかくの嫁入りに、けちをつけられたくはないでしょう」

麻吉は、清々しいほどはっきりと言い切った。

玉の輿と騒がれて、大店《おおだな》へと嫁いでゆく身だ。なんらかの瑕疵《かし》があれば、口さがない者たちに言い立てられる。誰にも知られずに収めたいという当人の気持ちは、なんとなく分かる気がした。

「ですからどうか、そっくり同じ白無垢を仕立ててください。お礼に深川鼠とやらを広める手伝いをしても構いません。姉のことも、説き伏せてみせましょう」

「ああそれは、たいへんありがたい申し出どすなぁ」

麻吉が働きかけてくれるなら、蔦吉の態度も柔らかくなってゆくかもしれない。右近は口元に手を当てて、どうやら込み上げてくる笑みを堪えている。

そうではないかと睨んだとおり、義理が向こうから歩いてきたのだ。さぞかし気分がよかろう。

だが不必要にへらへらしていれば、相手に怪しまれてしまう。お彩は目立たぬように、隣から右近の脇腹を突いた。「うっ」という呻き声が、かすかに聞こえた。

「せやけどその花嫁衣装を、いっぺん見てみまへんと。地紋の具合もありますよってな」

表情を改めて、右近が呉服屋としての意見を述べる。

地紋というのは糸や織りかたを変えて、布地に織りだした模様をいう。色染めをしない白無垢でも、この模様が違えば同じ着物ではないと分かってしまう。

「それに描かれた絵とゆうのは、墨一色どすか。物によっては、シミ抜きでけるかもしれまへんし」

そうは言っても墨の汚れは、なかなか落ちない。文字を書いていて数滴飛んでしまったくらいなら落とせるかもしれないが、白無垢に大きく描かれた絵を、跡形もなく消すことはできないだろう。

それでもまずは、物を見てから。呉服を取り扱う者として、おろそかにはできないところである。

「あ、いえ。墨ではありません」

ところが麻吉は、首と共に手を振った。右近と同じくお彩も墨の線画を思い描いていたが、相手は絵師だ。絵の具を使ったものらしい。

「あれは、なんでしょう。鮮やかな青色です」

絵師が用いる青といえばベロ藍か、もしくは――。

お彩の頭の中に、光が弾ける。この想像が正しければ、大事にならずに済むかもしれない。

「ぜひとも、その打掛を見せてください」

気づけばお彩は膝をずずいと進め、麻吉の手を取っていた。

四

深川は、水のにおいのする町だ。掘割が細かく入り組んで、徒歩で行くと橋をいくつも渡らねばならない。高い料理茶屋に入らずとも蛤や鰻を焼く屋台はいくらでもあって、往来は香ばしい煙に満ちている。

その名も黒江橋という橋を渡ると、そこが姉妹の住まう黒江町。猪牙《ちょき》船が舫《もや》われた船宿の裏に、長屋があるらしい。

麻吉に案内されたのは、なんの変哲もない割長屋だ。深川一の芸者といえど、贅沢な暮らしはしていない。おそらく決まった旦那を持たず、腕一本で立っているからだろう。部屋の前の草が抜かれ、すっきりと掃き清められているところからも、蔦吉の潔癖な気質が感じられた。

「今時分はいつも三味線の稽古をしているんだけど、これは留守かもしれませんね」

日本橋を出る前に昼八つ（午後二時頃）の鐘を聞いたから、それから半刻（約一時間）は経ったろう。夜のお座敷に備え、蔦吉は稽古を欠かさない。だが今は、しんと静まり返っている。

「ちょいと様子を見てきますから、ここで待っていてください」

蔦吉が在宅ならば、花嫁衣装は持ち出せない。しかし三味線の稽古の後は、大島川を渡った先にある黒船稲荷に詣でるのが日課なのだという。もしかすると今日は早めに稽古を終えて、すでに出かけたのかもしれなかった。

お彩と右近はひとまず井戸端で待つことにして、麻吉だけが溝板《どぶいた》を踏んで部屋の前に立つ。そのとたん、障子戸がひとりでに開いた。

麻吉が「きゃっ」と悲鳴を上げて飛びすさる。その声をかき消すように、「どこに行っていたんだい！」という怒声が響いた。

なんのことはない、妹の帰りを待ち構えていた蔦吉が、内側から障子戸を開けたのだ。こんな事態になるとは思っていなかった麻吉が、狼狽《うろた》えてこちらを見遣る。その視線を追いかけて、蔦吉もお彩たちに気づいた。

「アンタたち、昨夜の。なんの用があってここまで来やがった！」

なぜか蔦吉は、かんかんになって怒っている。こちらに向かって凄みながらも、逃がすまいと麻吉の衿首を摑んだ。

「いいや、まずはアンタだ。あの行李の中身はなんだい。なぜあんな、ひどい有様になっていやがる」

これはひと足遅かった。蔦吉は行李を開けて、変わり果てた花嫁衣装を見てしまったのだ。その様子にひどく驚いて、妹から話を聞きだそうと待っていたのであろう。

「アンタが仕舞いっぱなしにしているから、虫干しでもしてやろうと思ったんだよ。お言い、あれは誰がやったんだい」

「やめて、姉さん。騒ぎにしないで」

　蔦吉の尖り声を聞きつけて、他の部屋から顔を覗かせている者がいる。麻吉は彼らに後ろ指をさされたくない一心で、両手を合わせて懇願した。

　だがその思いは、姉には届かない。

「ってことは、知ってて黙っていたんだね。なんてこった。申し訳なくて、旦那に顔向けできないよ」

「姉さん、お願いだから」

「まさかこの縁談に、不満でもあるってのかい。だったらそう言やいいじゃないか。こんないい話はないと、喜んだアタシが馬鹿みたいだ」

　頭に血がのぼった蔦吉は、「来な！」と麻吉の衿を力任せに引っ張った。

「今から旦那の所へ行って、せっかくの心づくしを無駄にしてしまいましたと謝ろうじゃないか。なぁに、アタシも一緒に頭を下げてやる。申し訳ないからこの縁談は、なかったことにしてくださいってね」

　駄目だこれは、話が通じそうにない。気丈だった麻吉も、泣きっ面になっている。

麻吉はただ、皆に祝われて嫁入りしたかっただけなのに。このままでは、縁談自体がだいなしになってしまう。

お彩は首を伸ばし、開けっぱなしになっている戸口から部屋の中を覗き込んだ。薄暗いが目を凝らしてみれば、中央に蓋を開けた行李が置かれているのが見える。

この事態を収めるには、まず問題の花嫁衣装を見てみなければ。お彩は意を決し、揉み合っている姉妹の脇をすり抜けて、部屋の中へと駆け込んだ。

「なんだい、アンタ。人ん家《ち》に！」

「まぁまぁ、そんなにカッカしたらあきまへん。ほれひとまず、息を深く吸うてみまひょか」

蔦吉が妹から手を放し、すぐさま怒鳴り込んでこようとする。それを右近が間に入り、のらりくらりと押し留めている。

その隙にお彩は下駄を脱ぎ、座敷に膝をついて白無垢を引っ張り出した。

薄暗い部屋の中にあって、自ら光っているような見事な衣装だ。しかし背中には、たしかに猫らしきものが描かれている。まるで子供の落書きのような、歪《いびつ》な線画だ。これで絵師を名乗っているなんて、悪い冗談のようである。

その絵がよく見えるよう、お彩は入り口近くへとにじり寄った。使われている絵の具はたしかに青だが、真っ青というより紺に近い。布地の上でも滲むことなく、落ち着いた色合いを見せている。

間違いなくこれは、ベロ藍ではない。

お彩は花嫁衣装を胸に抱き、顔を上げる。そして蔦吉が騒いでいる表に向かって、声を張り上げた。

「大丈夫です。この絵は、跡形もなく消えます！」

なにかを喚《わめ》いていた蔦吉の声が、ぷつりと途切れる。麻吉共々、そんな馬鹿なと目を見開いているのが分かる。

「あ、やっぱりそうどしたか」

こちらに背を向けていた右近だけが、心得顔で振り返った。

ものは試し。お彩は片口の器に水を入れ、それを掲げて見せる。

六畳一間の部屋である。障子戸はきちりと閉め、蔦吉と麻吉はお彩を挟んで座っている。

「行きますよ」

声をかけると、姉妹は神妙に頷いた。

猫の落書きの端のほうに、水を数滴垂らしてみる。すると水滴に触れた線が、手妻のようにするりと消えた。

「なんだいこれは。どうなってんだい」

汚れが広がることもなく、水に触れてただ消える。蔦吉が驚くのも無理はない。

お彩は余分な水滴を手拭いに吸わせながら答えた。

「これは青花紙《あおばながみ》。つまり、露草の花の汁です」

錦絵にも、よく使われてきた絵の具だ。しかし異国からベロ藍が渡ってきた今では、細工紅と混ぜて紫を作るときくらいにしか用いない。なぜなら露草の青は、紙に載せても退色しやすいからである。

「この色は、特に水に弱いんです。露草で紙や布を染めても、水に触れるとこんなふうに、色が落ちてしまいます」

紙に幾重にも露草の汁を塗り重ねた青花紙を水に溶くと、簡単に色が取り出せるのもその理屈である。

少し離れたところで長火鉢にあたっている右近が、「ええ、そうどす」と顔を上げた。

「でもその性質が案外重宝しましてな。洗えば綺麗に落ちますよって、露草の汁は友禅染の下書きに使われとりますわ。せやからその打掛も、洗い張りをしてしまえばええんどす」

絹の着物は仕立てのまま洗うと縮みやすい。ゆえに一度解いて洗い、張り板や伸子《しんし》でぴんと伸ばして乾かす必要がある。

「よろしかったらうちとつき合いのある悉皆屋《しっかいや》はんで、あんじょうしてもらえますけども。お預かりしまひょか？」

高価な友禅染にも使われている絵の具なら、呉服屋に任せるのが安心だと思ったか。麻吉がほっと息を吐き出した。

「お願いできますか」

「ほな、承りました。そっくりな打掛を仕立てるよりは、うんと安く済みますえ」

右近に微笑みかけられて、麻吉は恥じ入るように身を縮める。切羽詰まっていたとはいえ、己の企みの浅はかさに気づいたようだ。

「まったく、この子ときたら。よくもまぁ、ごまかそうなんて思えたもんだよ。隠し立てしたことが後でばれたら、信用まで失っちまうじゃないか」

やっと頭が冷えた蔦吉が、妹を小突く素振りをする。それからのほほんと座っている右近を、横目に睨みつけた。

「なによりアタシじゃなく、あんな京紫に相談をもちかけたのが悔しいよ」

「ごめんなさい、姉さん」

麻吉は、ますます小さくなっている。

自分の面目を保ちたいがために、周囲を欺こうとした。そのことは、悔いてしかるべきだろう。

けれども事情をすっかり聞かされた蔦吉は、もう怒ってはいなかった。姉もまた、しょんぼりと肩を落とす。

「いいや、アタシが悪いんだね。相談されてもきっと、アンタを庇《かば》やしなかった。さっきだってそうだ。騒ぎにしないでと言われたのに、聞く耳を持たなかった」

「ええ。正直なところ姉さんのまっすぐすぎるところには、たまについて行けないけれど」

「ああ、言われちまったよ」

姉妹は目を見交わして、ふふっと笑う。たったこれだけのやり取りで、わだかまりは解けたようだ。

麻吉が蔦吉に相談を持ちかけなかったのは、この縁談を誰よりも喜んでくれた姉を、がっかりさせたくないという思いもあったのだろう。長い間彼女らは、二人で生きてきたのだから。

よかったと安堵しつつ、お彩は預かりが決まった打掛を袖畳みにする。すると不細工な猫の顔が、ちょうど目立つところにきた。猫というより、鼠に近い。それを見て、蔦吉が拳を握りしめた。

「なにより腹立たしいのは、あの絵師だ。どこに行きやがったか知らないが、見つけたらとっちめてやる！」

後ろめたくてどこかに隠れているのだろうが、伝手を使って必ず見つけ出してやると息巻いている。蔦吉の仕置きは容赦がなさそうだ。まぁ、自業自得である。

「せやけど絵師はんも、洗えば落ちると分かっとる絵の具を使わはったんや。惚れた女子はんを少しだけ、困らせたかっただけでっしゃろ。ある程度叱ったら、露草の汁みたいに水に流してやったらええんとちゃいますか」

うまいことを言ったつもりなのか、右近は長火鉢に手をかざし、にこにこと笑っている。そのひと言は、聞き捨てならない。

「甘いですよ、右近さん。子供の悪戯《いたずら》じゃないんですから。人様の大事な物に手をつけておいて、落ちるからいいだろじゃ済みません」

「そうですねぇ。そもそもなんであんな人に、私が困らせられなきゃいけないのか」

「やだやだ。男ってのは、けっきょく馬鹿な男の肩を持ちやがる」

たとえ叶わぬ恋であっても、相手の幸せを願って潔く身を引いてこそ粋というもの。ふられた腹いせに意趣返しをするなんて、あるまじきことである。

女三人から続けざまに文句を言われ、右近は「えええええ」と身を震わせた。

「とはいえ、落ちる絵の具で本当によかった。お彩さんといったっけ。見抜いてくれてありがとう。恩に着るよ」

蔦吉が膝を進め、お彩の手を取り礼を言う。三味線を弾き続けてきたせいか、存外に骨張った、しっかりした手だ。お彩からも握り返し、頷いた。

「いいえ。お役に立ててよかったです」

損得勘定抜きに、心の底からそう思う。洗い張りを終えて戻ってきた打掛は、きっと花嫁を美しく飾ってくれることだろう。そのとき蔦吉は、麻吉以上に晴れがましい顔をしているに違いない。

「あのぉ、それでですね。もしよかったら、昨夜の話の続きを――」

しかしここに、損得ずくの男が一人。右近が首を伸ばし、蔦吉の顔色を窺っている。見返りに、こちらの話を聞き入れてはもらえまいかというのだ。

蔦吉は、そんな右近の申し入れに舌打ちを返した。

「なんだい、無粋な男じゃないか。アタシはお彩さんと話してるんだ。アンタはもう帰りな」

「ええええええ」

右近ときたら、おののくのが楽しくなっているのかもしれない。わざとらしく、己の身を抱きしめてみせる。

「いや本当に、アタシたちはそろそろ拵えをしなくちゃいけないからさ」

今宵もまた、二人の芸者にはお座敷が入っている。さっきのもみ合いのせいで、蔦吉も麻吉も、着物の衿元と髪が乱れていた。化粧もよれているから、やり直すのだろう。

「だから、明日また出直しな。アンタの勧める、深川鼠とやらを持ってさ」

「えっ！」

あまりにもさり気ない口調だったものだから、お彩はつい聞き返してしまった。

それはつまり、塚田屋に力添えをしてくれるということか。

「しょうがないだろ。アンタたちには、妙な義理ができちまったんだから」

蔦吉が、不本意だと言いたげに肩をすくめる。麻吉は、そんな姉を見て笑っている。

半ばふざけていた右近も、塚田屋の者として居住まいを正した。

「おおきに。助かります」

蔦吉が受け入れてくれたなら、深川鼠はこの地でまたたく間に人気となるだろう。流行り色を作れという難題に、またひと筋の光が差したような気がする。

でもどうせなら、もう少しだけ欲張りたい。お彩は目を光らせて、一度離した蔦吉の手を取り直した。

「あの、蔦吉さん。私からもひとつ、お願いがあります」

「ああ、なんだい」

唐突に勢いづいたお彩に、恐れをなしたようだ。蔦吉は、手を握られながらも軽く身を引いた。

しかしお彩は、そんなことに構っていられない。蔦吉が遠ざかったぶん、鼻息も荒く顔を近づけた。

「昨夜教えていただいたお太鼓結び、あれも広めていいですか！」

小布と紐の組み合わせで幾通りにも楽しめる、お太鼓結び。あれが広まれば江戸の町が華やぐし、お彩にとっても目の保養だ。深川鼠と共に、ぜひとも流行らせたいと思う。

お彩の激しい意気込みに、当の蔦吉はぽかんとし、右近は背中を見せて笑っている。

「ああ、もちろんいいけどさ」

やがて蔦吉は、呆気にとられたまま頷いた。

五色の縁

一

まだ朝も明けぬうちから起きだして、手探りで身支度をはじめる。着替え一式は枕元に揃えておいたから、暗い中でもどうにかなった。

行灯《あんどん》をつけないのは、隣で眠る父辰五郎《たつごろう》への心配り。だったのだが。

「もう行くのか？」

衣擦《きぬず》れの音で、起こしてしまったらしい。布団に横になったまま、「行灯くらいはつけやがれ」と言う。目が見えなくとも明るいか暗いかの区別は、ぼんやりとつくそうだ。

「平気。もう着替えたから」

脱いだ寝間着は袖畳みにして、脇に置いておく。化粧は出先でやればいいので、身支度といっても簡単なものだ。

「ごめんね。朝餉《あさげ》の用意をする間がなくって」

「構わねぇ。そんなもんは、そのへんで大福でも買って囓《かじ》れば仕舞いだ」

なにからなにまで赤子のように面倒を見てやらねばならなかったころとは、もう違う。俺のことは気にするなと、辰五郎は低く笑った。

「気張ってこいよ」

「うん！」

激励されて、お彩《あや》は強く頷《うなず》いた。

年が明け、世間がまだ浮き足だっている一月二日。いよいよ塚田屋《つかだや》の、初売りの日であった。

日蔭町《ひかげちょう》から本石町《ほんごくちょう》まで、濃藍《こいあい》の空が淡くなりゆく様を見上げて歩く。大店《おおだな》の建ち並ぶ日本橋はどこもかしこもすでに店を開けており、初売りの準備に大《おお》童《わらわ》であった。小僧や手代だけでなく出入りの鳶《とび》や植木屋にも揃いの印半纏《しるしばんてん》を着せ、店の前にまで火鉢を出して客が来るのを待っている。なにせ一年で一番の書き入れどき。どの店からもぱりっとした意気込みが感じられた。

正面から吹きつけてくる風にも旧年とは違った清々しさがあり、冷たいながらも首元を撫でられるのが心地よい。明るさを増した空に雲は少なく、いい天気になりそうだ。まさに買い物日和である。

どうにか、売れてくれるといいけれど。

立派な門松を立てた塚田屋の店先もすでに掃き清められ、奉公人や出入りの職人たちが行き交っていた。動悸のする胸元を押さえつつ、お彩は裏口へと回る。

いよいよこの初売りが、深川鼠《ふかがわねずみ》お披露目の日であった。

塚田屋の奥の間で、いつもの御召縮緬《おめしちりめん》の万筋《まんすじ》ではなく、深川鼠の鮫小紋《さめこもん》に着替える。御召とは違う柔らかな手触りに慣れず、どうもうまく着られた気がしない。西陣のものだという七宝文《しっぽうもん》の天鵞絨《びろうど》帯も、畏れ多いほど滑らかだ。

今日の初売りのために、右近《うこん》によって新調された衣装である。それには及びませんと遠慮したのに、「なにを言うてますねや」と押し切られた。

「深川鼠のよさを伝えるには、実際に着て見せるのが一番どす。『オオ、ご覧よあの姉さん。着物の色合いが粋だネェ』と、感心されるような着こなしをひとつ頼みますわ」

お彩には、どう考えても荷が重い。そもそも肌が浅黒く、明るい色があまり得意でないのだ。深川鼠は、青緑がかった薄い灰色である。

だからこそいいのだと、右近は言った。この色を流行《はや》り色に押し上げるには、数多の客の支持がいる。その中にはお彩のように肌が浅黒い女や、男だっているだろう。

「お彩はんなら半衿や帯との取り合わせで、あんじょうしてくれますやろ」

不得意な色であっても、小物の色を加減すれば顔映りよく見せることができる。これぞ色見立ての面白さでもあった。

「せや、深川鼠の反物を買わはったお人には、色合わせの相談も受けつけまひょ。一見《いちげん》さんでもお彩はんに見立ててもらえるんやから、こんなお得なことはあらしまへん」

はたしてそれで、客に喜んでもらえるのだろうか。お彩としては、心許ない。ならばもう一つ、おまけをつけてはどうかと提案したのだった。

「お彩はん、よろしおすか」

障子越しに声がかかり、どうぞと促す。入ってきたのは塚田屋のお内儀、お春《はる》だった。店に立つわけではないから深川鼠でなく、鳥の子色の友禅に鶴や松が織り込まれた緞子《どんす》の帯という、正月らしい装いである。

「あら、ようお似合い」

支度を終えたお彩を見て、世辞とも取れる感想を洩らす。上方の言葉はどうも、真がどこにあるか分かりづらい。

「本当ですか。どこかおかしいところがあったら教えてください」

「なんのなんの、お綺麗やわ。帯も、お太鼓結びにしやはったんどすな」

深川芸者の蔦吉《つたきち》から教わった、小布《こぎれ》と紐を使った結びかたである。

黒系の帯に半衿は淡黄蘗《うすきはだ》、若緑の小布を胸元に覗かせて、帯の上からキュッと締めているのは海松《みる》色の組紐だ。こうして色数を増やして引き締めてやれば、お彩にも明るい着物が多少は似合うはずだった。

「帯周りに色が入ることによって、ほんに表情豊かになりますな。背中側もシュッとして、粋どすわ」

そこまで褒めてもらってようやく、少しは見られる形になっているらしいと安堵する。

仕上げに紅を差そうと鏡台の前に座ったら、「あ、待っとくれやす」とお春に止められた。

頃合いを見計らっていたかのように「失礼します」と障子が開き、女中が膳部を運んでくる。恭しくそれを床の間の前に置くと、こちらに一礼してから下がっていった。

「今日は忙しゅうなりますから、お腹に少し入れといてください。昼餉《ひるげ》を食べる暇があるかどうかも分かりまへんしな」

呉服屋の初売りとは、それほど慌ただしいものなのか。朝餉も食べずに臨もうとしていたお彩は、素直に頭を下げた。

「ありがとうございます」

塚田屋の商いを切り盛りしているのは右近だが、奥向きを取り仕切っているのはこのお春だ。こういった細やかな気遣いこそが奉公人たちの居心地をよくし、店を支えているに違いなかった。

床の間には正月らしく若松と千両、それから小菊が活けられて、旭日を仰ぐ鶴の軸が掛かっている。このあしらいも、おそらくお春が手ずから整えたのであろう。

そんなありがたい床を背にし、お彩は膳部の前に座る。きんとんに数の子、紅白の蒲鉾、昆布巻きに黒豆、それから里芋などの煮物。重箱にこそ入っていないが、御節料理が彩りよく盛りつけられている。

「なんて豪華な」と、息を呑む。

お彩が正月料理として拵《こしら》えたのは、雑煮と簡単な煮物くらいのもの。それでも今年は餅を入れることができ、暮らし向きがよくなったと喜んだ。火事に遭う以前でも、せいぜい蒲鉾が買えた程度だった。

きらきらと輝きを放つような料理に、視線が引きつけられてしまう。じっくりと膳部を眺めていると、お春がふふっと笑みを洩らした。

「遠慮なく召し上がっとくれやす。すぐにお雑煮も来ますよって」

声をかけられ、お彩はハッと我に返る。気まずさをごまかすため、慌てて箸を取った。

「すみません。彩りがあんまり綺麗だから、見入ってしまって」

黄色に赤、白、そして艶やかな黒。煮物も醤油で煮染める江戸風とは違い、野菜の色が活かされている。梅の形に切られた人参が所々にあしらわれているのもまた、趣《おもむき》があった。

「お彩はんは、料理すら色を楽しまはるんどすな」

お春が興味深げに膝を進めてくる。卑しかったかもしれぬと、お彩は頰を赤らめた。

「家では膳部の彩りを考えられるほど、お菜が用意できないので」

「うちも普段はそうどす。せやけど御節料理は特別やから、五色《ごしき》の彩りを揃えます」

「五色――」

寺院に行けば五色の幕が下がっているから、それが青、赤、黄、白、黒を意味することは知っている。この場合の青とは緑であり、黒は紫で表されることが多く、寺院の五色幕もその取り合わせとなっている。

「五行説というのがありますやろ。この世の万物は木、火、土、金、水の五種類からなるという考えかたどす。この五行を色で表したものが五色で、木は青、火は赤、土は黄、金は白、水は黒。年の初めに五色を体に取り入れて、一年の息災を祈りますねや」

まさか御節料理にそんな意味合いがあったとは。お春の解説に耳を傾けながら、お彩はあらためて料理を眺め回す。そしてはてと眉を寄せた。

「赤、黄、白、黒は分かりますが、青というのは？」

「里芋どす」

それはどちらかというと白ではないかと思うのだが、木の気に属するものだから青になるという。なんだかこじつけのように思えて、お彩はつい笑ってしまった。

「そんな面白い由来があったんですね。心して食べます」

まずは青の里芋から、一口大に切って口に入れる。上方の味つけで醤油の味はほとんどついていないのに、出汁《だし》が利いており滋味が深い。ゆっくりと味わい、飲み下したとたんに、はたと閃《ひらめ》いた。

「そうだ。反物のおまけにつける紐も、五色に分けて置いておくと目を引くかも！」

お彩が右近に提案した、もう一つのおまけである。深川鼠の反物を買った客には、好きな色の組紐を一本選んでもらう。色だけでなくお太鼓結びもぜひ流行らせたいという、お彩の願望から出た発想だ。

どこの家にも着物の端切れくらいはあるだろうから小布はいいとして、組紐である。たとえば鬢付《びんつ》け油を扱う香乃屋《かのや》のおかみさんだって、いつも嬉しいおまけをつけている。匂い袋とか手拭いとか、ちょっとしたものでも客は喜ぶ。

そう説いて、右近には色とりどりの組紐を揃えてもらった。色の濃淡、明暗はあれども、系統で言えば青、赤、黄、白、黒の五色に分けられそうだ。お腹が膨れたら、さっそく色分けに取り掛かるとしよう。

とそこへ、餅の入った雑煮が運ばれてきた。澄まし汁ではなく、京風の白味噌仕立てだ。椀に口をつけてみればとろりと甘く、体がほくほくと温まる。初めての味わいだが、腹の底にわだかまっていた緊張がするりとほぐれた。

なにもかもが美味しくて、あっという間に膳の上を平らげる。しかし食休みをしている暇はない。お春の心づくしに礼を述べてから、鏡台に向かって手早く紅を差す。

「そういえば、今日は刈安《かりやす》さんは？」

ふと思いついて、尋ねてみる。流行り色を作れと言った張本人だ。初売りに合わせて深川鼠を大きく売り出すことくらいは、耳に入っているはずである。

「まだ寝てますけど、おりますわ。ほら、昨日は大門《おおもん》が閉じてましたやろ」

さすがに塚田屋の主として、正月くらいは在宅しているのかと感心したのも束の間だった。元日は吉原の大門が閉じ、すべての妓楼が休業となる。それゆえに、仕方なく家にいただけという。

「たぶん夜見世がはじまる前に、また出て行かはると思いますえ」

まったくあの男は、どうしようもない。その一方で、にこにこと良人《おっと》の不貞を語るお春にも違和が募る。

さほどつき合いの長くないお彩でも、刈安が妓楼の勘定を踏み倒してきたり、たまに帰ってきたとしても酒臭かったりと、散々なところを目にしている。それでもお春は文句ひとつ口にせず、変わらぬ笑みを浮かべているのだ。

もしやその笑顔の下に、涙を隠しているのではと案じられる。それがずっと、気がかりだった。

「あの。差し出がましいことかもしれませんが、お春さんは辛くないんですか？」

だからつい、尋ねてしまった。夫婦の仲に、口出しをする間柄でないことは分かっている。だが名前のとおり春の日向のようなこの人には、悲しい思いをしてほしくなかった。

「辛いって、ああ、刈安はんが妓楼に入り浸りやから？」

お彩の問いに、お春はきょとんと首を傾ける。思いがけぬことを聞かれたと言わんばかりである。

「どうなんやろ。むしろ留守にしてくれはったほうが、気が楽というか――」

独り言のように呟《つぶや》いてから、お春ははたと口元を押さえた。障子の外に耳を澄まし、人の気配がないことを確めてから声を潜める。

「いないのがあたりまえになってますよって、おられるとかえって気疲れするんどす」

しかも刈安は、帰ってくると必ず面倒を起こす。その対応に追われるお春は、たまったものじゃないはずだ。

苦笑を浮かべるその表情に、偽りはないように思える。大店同士の婚姻は好いた惚れたではないというから、良人が妓楼に入り浸っているくらいでは妬心も起こらないのだろうか。

疑念が顔に出たらしく、お春は取り繕うように顔の前で手を振った。

「べつに、刈安はんのことが嫌いとかやありまへんえ。なに不自由なく暮らさしてもろうてますし、不満はありまへん」

つまりそれ以上の役割を、良人には求めていないというわけか。

右近もまた刈安のことを、「商いなんぞ忘れて遊び歩いてもろたほうが、よっぽど助かる」と言っていた。

もちろん本人の、日頃の行いのせいではある。だが当主として良人として、なんの期待もされていないというのは寂しいことではなかろうか。

お彩とて刈安のことは苦手だが、はじめて同情めいた気持ちを、ほんのりと抱いてしまった。

二

明け六つ（午前六時頃）の鐘が鳴ってまだ間もないというのに、店内にはすでにちらほらと、客の姿が窺える。早くから来る客はそぞろ歩きのついでに立ち寄ったのではなく、初売りが目当てだ。逃すまじとばかりに、手代がすり寄ってゆく。

売り物の反物は普段、奥まった場所にある棚に並べられているのだが、今日ばかりは店の大広間の壁に沿って、小山を作るように置かれている。

多種多様な色合いがある中で、深川鼠が占める割合は二割以上。絹物だけでなく木綿に麻と、庶民の財布にも優しい品揃えである。鷲鼻の番頭は右近の指示に従って、この色の反物を本当に集められるだけ集めたのだろう。

『深川鼠』『まさに今年の流行り色なり』『深川芸者に大人気』

墨の跡も黒々と、そんな売り文句がところどころに貼り出されている。やっと売り出したばかりというのに、『流行り色』と書いてしまうところが図々しい。しかしこれを書いた右近は、「言うたもん勝ちですわ」と涼しい顔をしていた。

「いらっしゃいまし。本年のお勧めは、なんといっても深川鼠でございます。お客様にはこちらの色無垢など、すっきりとしてお似合いかと」

新春とは名ばかりの気候であるのに、手代の正吉《しょうきち》が額に汗して反物を勧めている。誰が洩らしたのか流行り色を作れなければ右近が放逐されてしまうという噂は、奉公人の間に遍《あまね》く知れ渡っているようだ。

お彩と彼らの間には、まだ若干のわだかまりがある。色見立てのコツを教えたくないのではなく、教えかたが分からないだけなのだと説いて、謝りはした。どちらにせよ、彼らの期待に応えられないことに変わりはなかった。

それでも今は一丸となってお彩が見立てた色を売り捌《さば》かねば、塚田屋に明日はない。右近がいなくなればまたたく間に身代が傾き、皆が路頭に迷うのは目に見えている。となれば客のあしらいにも、熱が入るというものだ。

塚田屋は番頭以外の奉公人が京の出だから、江戸っ子の好みがまだ摑めていない。この色なら売れそうだという確信も、おそらく持てぬままだろう。彼らの不安を思うと、胸が苦しくなってくる。

もう私や、右近さんだけの問題じゃないんだ。お彩の色を見る目に、多くの奉公人の運命がかかっている。この勝負には、なにがなんでも負けるわけにいかなかった。

本音を言えば、逃げ出したくなるほど恐ろしい。けれども責めを果たさねばならぬという思いが、お彩をこの場に縫い止める。負けん気を必死に掻き立てながら、おまけの組紐を選り分けてゆく。

「それは、なにをしてますのん」

驚くほど気負いのない口調で、背後から話しかけられた。振り仰いでみれば、右近がいつも通りの胡散《うさん》臭い笑みを浮かべて立っている。

「お正月にちなんで、紐を五色に分けておこうかと」

「ほう、それは目を引きますな」

底の浅い漆塗りの入れ物に、濃淡の移ろいが分かるように組紐を並べてゆく。絹糸で組まれた紐は、どれも光沢があって美しい。その豊かな色合いは、眺めているだけでも目の潤いになる。

「さっきお春さんに、五色の意味合いを教えてもらったんです。色というのは、本当に奥深いですね」

「ああ、五行説どすか。そういや人の徳目《とくもく》を表す、五常ゆうのもありますなぁ」

それはなにかと尋ねてみると、右近はお彩が選り分けている紐を指差しながら答えた。

「人が常に行うべき、五つの正しい道どすわ。それによると青は仁、赤は礼、黄色は信、白は義、黒は智に相当します。つまりわては、智の塊とゆうても過言やありまへんな」

そう言って、己の着物の衿元をキュッと引き締める。

お彩には深川鼠を着せておいて、右近は今日も京紫《きょうむらさき》である。つまり黒と同じで、智を纏《まと》っているというわけだ。

つまらない冗談に、つい眉間が狭くなってしまう。

「嫌やわ、そんな目で見んといて」と、右近がお彩の眼差しを遮るように手を突き出してきた。その手にそっと、鬱金《うこん》色の紐を握らせてやる。

「なんどす、これは」

「右近さんに足りないものかと思いまして」

鬱金の根で染めた、鮮やかな黄。右近の名の由来になったという色である。

黄色は信、すなわち偽りなく生きろということだ。どこまでが本心か分からぬこの男には、今一度己の名に立ち返ってほしいものである。

「おや、これはこれは」

己の手の中に視線を注ぎ、右近は軽やかに肩を揺らした。見慣れた作り笑いではなく、心底可笑《おか》しそうな顔である。

「気持ちを解《ほぐ》そうと思て話しかけたのに、逆に和まされてしまいましたわ」

先ほどの下手な冗談は、お彩を気楽にするためだったか。常と変わらぬように見えて右近もまた、初売りを迎えて気を張っていたようだ。

「売れるでしょうか」

徐々に客が増えてきた大広間を見渡して、胸の内の不安を洩らす。右近はお彩の眼差しが戻ってくるのを待ってから、深く頷いた。

「もちろん。『売れる』やのうて、『売る』んどす」

そうだ、これは商いだ。手をこまねいて、売れるのを待っているだけじゃ成り立たない。

右近の意気込みが伝わって、お彩も「はい！」と頷き返した。

「あの、お彩はん」

とそこへ、正吉が無遠慮に割り込んできた。なにごとかと顔を見れば、心なしか頬を上気させている。

「反物が売れましたので、色合わせをお願いできますか」

どうやら先ほど勧めていた、深川鼠の色無垢が売れたらしい。正吉が「あちらのお客様です」と示す先では、粋筋の女が物憂げに煙草をふかしている。

深川鼠を買ってくれた、最初の客だ。

「はい、ただいま」と、お彩は逸《はや》る気持ちを抑えきれずに立ち上がった。

「お客様は元々明るい色がお似合いですから、帯も明るく、こちらの銀鼠《ぎんねず》の西陣織などいかがでしょう。半衿もすっきりと、白地に白菊の縫い取りを施したものを合わせてみれば――」

深川鼠の反物を少し広げた上に、店で扱う帯地や半衿を置いてゆく。お彩には似合わぬ取り合わせだが、目の前の客の好みには適うはずだ。

「品よくまとまって、お茶席にも向くのではないでしょうか」

そう続けると、娘を連れた三十半ばほどのお内儀が「あら」と目を丸くした。

「よく覚えているのねぇ」

「もちろんです。先日の、初茶の湯の着物は仕立て上がりましたか」

「ええ、お蔭様で。着ていくのが楽しみよ」

以前色見立てをしたことのある、蠟燭《ろうそく》屋のお内儀である。そのときは薄色を勧め、裾模様の反物を買い求めていただいた。

特別顔覚えがいいわけではないが、色見立てをした相手のことは、なぜかはっきりと覚えている。それだけ真剣に、顔映りを見ているということだろう。似合いそうな色は初見のときに見当をつけてあるから、二度目は楽だというのも分かった。

客のほうでもお彩の見立てをある程度信用してくれているのか、前よりも気安げだ。膝先に広げられた反物や帯地に目を落とすと、お内儀は己を納得させるように頷いた。

「うん、たしかにいい取り合わせ。こちら、一式いただいていくわ」

「いいんですか」

「銀鼠の帯は、手持ちにないのよね」

今日の色合わせは深川鼠を着こなす上での参考までに、という名目だが、帯や小物まで買ってもらえるならこの上ない。お彩は「ありがとうございます」と、丁寧に両手をついた。

こんなふうに勧めたものをすべて受け入れてもらえると、己が認められたような気がしてくる。この快感は、癖になる。

「ずるい、おっ母さんだけ」

娘が唇を尖らせて、お内儀の袖を引いた。歳のころは十五、六。以前の注文からさほどの間を置かずにまた着物を仕立てるというのだから、蠟燭屋の内証はよいのだろう。

「いいわよ。あなたも好きな反物を一つ選びなさい」

許可を得て、娘の顔がぱっと輝く。母親に似てその肌も、蠟を流したように色が白い。

「お嬢様にも、深川鼠はよく似合いますよ。もっと柄行《がらゆき》が華やかなものなどいかがでしょうか」

深川鼠売りたさに、お彩は思わず膝を進める。性急さが伝わってしまったか、娘が「えっ」と顔をしかめた。

「おっ母さんと揃いになるのは嫌だわ」

それもそうかと、控えめに肩を落とす。物事は、そうそううまく進まぬものである。

昼も近くなると、塚田屋の大広間は人を避けながらでなければ歩けぬ様になってきた。応対する手代の数が足りず、小僧が出した茶を啜《すす》ったり、煙草を吸ったりして待つ客の姿が見受けられる。にもかかわらず深川鼠の色合わせを担うお彩は、手が空いていた。手代たちはしきりに「今年の流行り色です」と勧めてくれているようだが、たいていの客は反物が積まれた一角に目を遣って、「また今度」と受け流す。

耳慣れぬ色の名に、尻込みしてしまうのだろうか。世の中は新しい物をすんなりと受け入れられる人のほうが少ないのだと、思い知らされる。

いくら流行り色と言われても、この色が町にあふれているところを目にしていないのだから、無理もない。右近の大奮発のお蔭で深川界隈ではこの色を身に着けた芸者の姿を見かけるようになったものの、深川と日本橋は離れている。流行りが伝わるには、今少し時が必要だろう。

もっと早く、私が売る色を決められていたら――。

今さら悔やんでもしょうがないと分かっていても、そう思わずにいられない。仕込みが早ければ早いほど、売り上げに繋がったであろうに。

「なんや、また怠けとるんかいな」

「わっ！」

急に耳元で話しかけられ、危うく飛び上がりそうになった。声で分かったがやはり、当主の刈安がすぐ後ろにしゃがんでいる。どうもこの男は、気配を殺して近づくのが得意なようだ。

「ちゃっちゃと売らんと、まずいことになるんとちゃいますか。ほれ、お気張りやす」

まずい状況を作り出している張本人のくせに、手を叩いて囃し立ててくる。腹の底が熱くなり、お彩は眼差しを強くした。

「『流行り色、作ってみせましょう～』ゆうてたくせに、口ほどにもない。あれはなんや、はったりやったんか？」

お彩に睨まれたくらいでは、刈安は怯《ひる》みもしない。声色まで作って、からかってくる。間延びした口調がなんとも腹立たしい。

しかし深川鼠の反物は、初っぱなの玄人風の女や蠟燭屋のお内儀の分も含めてまだ五本しか売れていない。言い返す言葉もなく、歯を食いしばる。

「深川鼠なぁ。目のつけ所は悪うないと思うんやけど」

悔しがるお彩には構わずに、刈安はいくつもの小山を作っている反物に目を遣った。ほとんど家におらずとも、この色を売ると決めた経緯くらいは把握しているようである。

「悪いんは、あんさんやな。なんでもっと自分を売り込まへんねや」

「色ではなく、私を、ですか？」

言っている意味が分からなくて、眉根を寄せた。そんなお彩に向けて刈安は、「ほれ」と顎をしゃくって見せる。

「ちょっとはあれを見習ったらどうや」

どうも店の入り口が賑やかだと思ったら、正月の門付《かどづ》け芸人が来ていた。三味線と太鼓、それから馬の頭の作り物を手に持った三人ひと組で、陽気に歌い踊っている。

「めでたやめでた、春の初めの春駒にございます。この踊りを見れば一年恙《つつが》なく、病も借金もけちな男も、みぃんな逃げだしもっけの幸い。やれ、めでたやめでた」

太鼓を叩く男がよく通る声を張り上げる。なんともでたらめな口上だが、店の前で騒いで祝儀をもらうのが目当てなのだから、騒がしければそれでいいのだ。

店内の客がやかましげに顔をしかめる中、番頭に指図されたらしい小僧が芸人に近づいてゆく。お捻《ひね》りを渡すと彼らは「おありがとうございます！」と一礼して、隣の店へと移ってゆく。

祝儀を渡さぬかぎり門口からどいてくれないので迷惑なのだが、これもまた正月の風景である。

「いったいあれの、なにを見習えと言うんですか」

「まぁ、こういうこっちゃ」

言うが早いか刈安は、その場にすっと立ち上がった。かと思うと、芝居の呼び込みのように手を叩く。

「さぁさ皆さん、お立ち会い。ここな娘御こそ色の目利き。かの吉原は花里花魁《はなさとおいらん》の、藍ひと色の仕掛けを見立てたるは数多の粋人の知るところ。その目利きが選んだ今年の流行り色こそが、こちらの深川鼠にござぁい。さぁさどうぞ、お手に取ってご覧く――」

最後まで喋らせず、お彩は刈安の袖を引っ張った。「なんやなんや」と文句を言うのを、無理矢理に座らせる。

「やめてください、恥ずかしい」

「なにがや。実情はどうあれ、客の前では『わてこそが色の上手でござい』っちゅう顔をしとくのがあんさんの仕事やないんか。ちったぁ見得を切らんかい!」

客の耳目を惹いたせいで、頬が熱い。しかし刈安は悪びれもせず、逆にお彩の額を指で突いてくる。

「本気なら腹を決めよし。あんさんの恥がなんぼのもんや。それと引き替えに品物が売れるんなら、安いもんやないか」

店をほったらかしにしている男に言われたくはないが、反論もできない。覚悟が足りないのは、まさにそのとおり。己をして色の目利きと開き直れるほどの、図々しさなど持ち合わせてはいなかった。

「あんさんがそうやって縮こまってるかぎり、この賭けはわての勝ちや。おおきにやで」

唇の両端を引きつらせ、刈安はおぞましいほどの笑みを浮かべる。

目の端に、こちらへと近づいてくる右近の姿が映った。刈安の厭味《いやみ》になす術もなく、庇《かば》われるのを待っているなんて情けない。お彩は膝の上で、ぐっと拳を握りしめる。

とそこへ、またもや店の入り口が騒がしくなった。続けざまに門付け芸人が回ってきたのかと思いきや、飛び込んできたのは涼やかな声だ。

「あいすいません、ちょいと通しておくんな。さすが塚田屋さんは、新年から活気があるねぇ」

入ってきたのは、三味線を運ぶ箱屋を従えた女二人。どちらも深川鼠を身に纏い、お彩と同じく帯はお太鼓に結んでいる。

「すみませんねぇ、挨拶回りが長引いちまって」

「いえいえ、とんでもない。こちらこそ、無理を聞いてもろうておおきにどす」

刈安のことはいったん置いておいて、右近が応対に出る。なにごとかと顔を上げた客の一人が、「おい」と声を上げた。

「ありゃあ、辰巳芸者の蔦吉と麻吉《あさきち》じゃねぇか。なんだってこんな所に」

深川の料理茶屋に出入りしたことがない者にも、その名声は響いているものと見え、たちまちのうちにざわめきが広がってゆく。男ばかりでなく女たちも、すっきりとした二人の立ち姿に憧れの眼差しを向けている。

「どうも、お騒がせしてすみませんね。我らが深川の色を広めようとやって参りました。お耳汚しじゃありますが三味線をひとつ弾かせてもらいますので、引き続き買い物を楽しんでくださいましね」

蔦吉が丁寧に紅を引いた唇でにやりと笑うと、「そりゃあすげぇ」と客が沸く。二人はただ入ってきただけで、店中の関心をその身に集めてしまった。

「ああ、なんや。あんさんが頼りにならんから、妾腹が知恵を絞ったんか」

隣にいる刈安が、聞こえよがしに舌を打つ。「やれやれやな」とつまらなそうに呟いて、膝に手を置き立ち上がった。

「どちらへ？」

辛うじて尋ねると、子供のようにあかんべいをして見せる。いつもの深緑色の小袖に羽二重の黒羽織を合わせているあたり、どうせ外へ遊びに出るつもりなのだろう。

内所へと消えてゆく刈安を見送ってから、お彩は座敷に上がって三味線箱を開けている女たちに目を転じる。二人の一挙手一投足を、客は固唾を呑んで見守っている。すごい。と、あらためて彼我の違いに思いを馳せた。

先ほど刈安が色の目利きとお彩を持ち上げたとき、こちらに向けられたのは不審の目だった。色を見る才なら多少はあるかもしれないが、お彩はしょせんただの人。あんなふうに期待と羨望の眼差しを、一身に集めることはできない。

刈安さんは、私にああなれと言うの？

お彩の名だけで、客が喜び価値を置くほどの色の目利き。それはもはや、一種の偶像だ。そんな者に、とてもなれる気がしない。

三味線の糸巻きを締めて音を合わせている蔦吉と、ふいに目が合った。義理ができちまったからと、深川鼠を広めるのにひと役買ってくれている。一本筋の通った、女も憧れるほどの女だ。

にっこりと微笑みかけてくる蔦吉に、お彩はおずおずと目礼を返した。

三

正月らしく賑やかな曲が、ほとんど途切れることなく奏でられる。

蔦吉の三味線はキレがよく、音曲に明るくないお彩でも知らずに体で拍子を取っている。妹の麻吉は本来立方《たちかた》のはずだが、客が詰めかける初売りの大広間に踊る余地はないと踏んだか、こちらも三味線で合方《あいかた》を務めていた。

「おい、蔦吉と麻吉が着てるってことは、あの深川鼠ってのは本当に深川で流行っててんじゃねぇか」

「ああ、いい色だなぁ。よし、ひとつ買っていこうか」

「そんなこと言ってお前さん、流行りに乗り遅れたくないだけだろ」

お彩も同じ色を纏っているのに、着る者が違えばこんなにも人の目を引くものか。深川鼠の反物を抱えた手代が慌ただしく行き来し、色合わせをするお彩も俄然忙しくなってきた。

「お客様の場合はこういった、栗皮茶《くりかわちゃ》の帯を合わせてもお似合いですよ」

「案外この紺青《こんじょう》色のような、冴えた色の帯もいいのでは。中着に絞りの赤の小袖を持ってくると、若い娘さんらしく華やかです」

「あえて緑みの色を重ねてみましょうか。こういった松葉色はいかがでしょう。ぐっと渋くて粋な感じになりますね」

一日のうちにこんなにも多くの見立てをするのは初めてのことで、途中から目が回りそうになる。茶の一杯でも飲んで休みたいところだが、客を一人捌くと、すぐさま別のところで「お彩さん、こちらも」と手代の手が挙がる。

「はい、ただ今！」

先ほどまでの手隙に比べれば、これはなんともありがたいこと。疲れてきた体に鞭《むち》を入れ、お彩は客の元へと急ぐ。

「あら、おかみさん。それにお伊勢《いせ》ちゃんも」

そこに待っていたのは、思いがけぬ顔だった。よく見知った香乃屋のおかみさんとお伊勢を前に、お彩はほっと肩の力を抜く。どうやらかなり、体が強張っていたようである。

「来ちゃった」と、お伊勢が照れたように笑った。

香乃屋でも今日が初売りのはずだが、客の波が落ち着いてきたので、あとの店番は亭主に任せて出てきたという。ひっきりなしに客の相手をしていたものだから、お彩は二人が入ってきたことにちっとも気づかなかった。

「だってねぇ、お彩ちゃんが流行り色のことで悩んでたのを知ってるから、気になっちまってさ」

「忙しそうだから買い物だけしてそっと帰ろうと思ったんだけど、彩さんが色合わせをしてくれるっていうから、欲張っちゃった。ごめんね」

おかみさんとお伊勢の膝先には、それぞれ深川鼠の反物が広げられている。横段《よこだん》模様の紬《つむぎ》と、子持ち縞の木綿である。

少しでもお彩の助けになろうと、わざわざ日本橋まで出てきてくれたのだ。その真心を思えば嬉しくて、じわりと目頭が熱くなる。

「悪いけど、相談に乗ってくれるかい？」

二人に似合う色なら、よく知っている。お彩はさりげなく目元を拭ってから、「もちろんです」と頷いた。


「おかみさんにはたとえばこういう小豆色なんて、艶やかさもあっていいと思います。お伊勢ちゃんは、もっと華やかな色を入れてみましょうか。こんな感じの、赤紅の帯とか。たしか、赤地の博多帯を持っていたよね。あれを合わせてもいいんじゃないかな」

日頃つき合いのある二人なら、箪笥《たんす》の中身もだいたい分かる。手持ちの帯にまで思いを巡らせながら、目の前の反物としっくりきそうなものを挙げてゆく。

「前にお伊勢ちゃんが締めてた黒繻子《くろじゅす》の帯も、おかみさんに合いそうです」

この母娘、着物はともかく帯の貸し借りはしょっちゅうで、もはや共有しているようなもの。お伊勢は婿を取るつもりでいるから、その習慣はこの先も変わらないだろう。

「いやぁ、助かるよ」と、おかみさんが歳のわりに若々しい笑みを浮かべる。

「正直なところ、帯まで新しいのを誂《あつら》える余裕はないからさ。すまないね」

ひそひそ声で謝られ、お彩は「めっそうもない」と首を振った。

「充分です。本当に、ありがとうございます」

香乃屋は大家も務める表店《おもてだな》だが、塚田屋のような大店とは比ぶべくもない。反物を買い求めてくれただけでも御の字だ。それでも古着を買うのが関の山の庶民よりは、暮らし向きがいいのである。

「仕立ては、ご自分で？」

「ああ、もちろん。これに包んどくれ」

「かしこまりました」

おかみさんが懐から出した風呂敷を受け取って、広げた上に二本の反物を載せる。それからお彩は、漆塗りの箱を手元に引き寄せた。

「深川鼠をお買い上げの方には、紐が一本おまけにつきます。たとえばほら、こんなふうに使っても素敵でしょう」

そう言って、お彩は己の帯に締めた海松色の組紐を指差す。新しい物好きの若者だけあって、お伊勢が興味深げに顔を寄せてきた。

「さっきから気になってたの。あの芸者さんたちも、同じ帯結びよね」

「ええ、お太鼓結びというの」

お彩はくるりと背中を見せて、帯の結びかたを解説する。さほど難しいものではないから、勘所さえ分かればすぐにできるようになるはずだ。

「あそこにいる蔦吉さんの、姉芸者が考えた結び方なんですって」

「へぇ、芸者さんってやっぱり粋ねぇ」

深川鼠を買ってくれた女性客には、紐を渡す際に必ずお太鼓結びも勧めていた。感触は悪くない。町を歩く女たちの帯の形がお太鼓になる日も近いのではないかと、期待が胸に膨らんでゆく。

「それじゃあ、紐の色もお彩ちゃんが選んどくれよ。この着物の柄に合うのをさ」

おかみさんが、膝先の反物を目で指し示す。さっそくお太鼓結びを試してくれるのだろうか。

深川鼠の着物に黒繻子の帯を締めたおかみさんの姿を頭に思い描きつつ、お彩は紐を手に取った。

「着物よりやや色味の強い、御召茶《おめしちゃ》も合うと思います。でも少し無難すぎるので、黄色を取り入れてみましょうか。こちらの黄海松茶《きみるちゃ》はどうでしょう」

黄海松茶は緑みのある深い黄色である。深川鼠とはかけ離れた色に見えるが、どちらも緑がかっているため、よく馴染む。

「彩さん、あたしのは？」

すかさずお伊勢が身を乗り出してくる。お彩は深川鼠の子持ち縞に赤の博多帯を合わせたお伊勢を思い浮かべる。

「暗めの色を入れて引き締めるのもいいけど、お伊勢ちゃんにはやっぱり明るい色がいいんじゃないかな。黄蘗《きはだ》なんてどう？」

黄蘗は鮮やかな黄色だが、こちらもわずかに緑がかっている。だからきっと、浮いて見えることはないだろう。

「ありがとう、彩さん！」

お伊勢はいつも、お彩の見立てに「間違いはない」と言ってくれる。おかみさんもまた、勧められた色を迷わずに受け取った。

期せずして、どちらも黄色系の紐になってしまった。五常に当てはめると、「信」の色。その知識が頭にあったせいで、こういった色選びをしてしまったのかもしれない。

勘定を済ませ、お彩が信を置く二人が「また後でね」と帰ってゆく。

辰五郎の世話に明け暮れていたころは彼女らの親切すら重荷に感じていたのに、近ごろはなぜか素直に受け止められる。むしろなぜあんなにも、人の真心を拒んでいたのかと不思議に思うくらいだ。

「おや、香乃屋のおかみさんたち、帰ってしもたんどすか。ご挨拶したかったんやけども」

反物を手に急ぎ足で歩いていた右近が、お彩を見つけて立ち止まった。二人が来ていると分かっていても、手が離せなかったようである。

右近の帯は利休白茶《りきゅうしらちゃ》。その上になぜか、お彩が手渡した鬱金色の紐が結ばれている。

「なんでそれ、身に着けているんですか」

「へぇ、わては信用が足りんらしいんで。忘れんよう、こうしときましたわ」

おそらく、厭味を言ったお彩に対する当てつけだ。わざとらしく笑って見せてから、右近は「はぁ忙し、忙し」と、待たせている客の元へと行ってしまった。

丸打ちの紐の房が、ゆらゆらと揺れながら遠ざかってゆく。

べつにそういう意味で、黄色が足りないと言ったわけじゃないんだけど——。

右近を信用していないのは他の誰でもなく、右近自身だ。妾腹と蔑まれて育ったのとかかわりがあるのか、どうも己を軽く見ている。人からどんなに手ひどく扱われても、「しゃあない」と笑って済ませるふしがある。

おそらくもう自分でも、どこまでが本心か分からなくなっているのだろう。怒りや悲しみといった強い感情に振り回されるよりは、はじめから諦めてしまったほうが気は楽だ。

己を偽らずに生きることは、難しい。傷つかぬためには自分自身をも騙すのが人間である。だけど右近の場合はもう少しだけ、作り笑顔の回数が減ればいいと思うのだ。

お彩は我知らず、ため息を洩らす。

信頼の置けぬ、胡散臭い男。はじめはたしかに、そう思っていたはずなのに。

こればっかりは、認めざるを得ない。今のお彩があるのは、右近のお蔭だ。前を向いて生きてゆく力がついたのは、なにも辰五郎ばかりではなかった。

「お彩さん」

少し離れたところで、手代の手が挙がる。

お彩にできるのは、今のところ色見立てだけ。深川鼠が大流行りすれば、あの男は心の底から笑うだろうか。

そんなことを考えながら、お彩は「はい、ただいま」と立ち上がった。

四

蔦吉と麻吉が夜のお座敷に向かう寸前まで三味線を弾き続けてくれたお蔭で、深川鼠の売れ行きはなかなかのものだった。

なにせ初売りの売り上げのうち、三割以上が深川鼠によるものだ。全体の品揃えの比率から見ても、よく売れている。算盤を弾き終え、右近は「初手としてはまずまずどすな」と満足げに頷いた。

そう、これはあくまで滑り出し。この先二の手三の手と、策を打ち出していかねばならない。

「これから先は、どうするんですか」と尋ねると、右近は商人らしくほくそ笑んだ。

「この深川鼠のええところは、まったくの新しい色やないという点どす。湊鼠《みなとねずみ》の反物なら、どこの呉服屋の蔵にも何本か眠っとるはず。まずはそれを吐き出させまひょ」

ただ名前を変えただけで売れるとなれば、他の呉服屋も飛びつくはず。色の名など誰の持ち物でもないのだから、真似をするのに遠慮はいらない。

しかしお彩は、納得がいかなかった。だってこれは、自分たちの案なのに。みすみす横取りされるのが、次の策だというのか。

「流行りというのは、そういうもん。どんどん真似されてこそ広がってゆくんどす。余所《よ そ》さんが深川鼠の名を使うとったら、わてらは小躍りして喜ばなあきまへん」

発案者としては不満なところもあるが、おそらく右近の言うとおりなのだろう。流行りは塚田屋だけで作れるものじゃない。次の狙いは、江戸中の呉服屋を巻き込むことだ。

「そのためにも客の気が緩んどる松の内の間に、深川鼠を売れるだけ売りますえ。せやしお彩はん、明日からもよろしゅうに」

江戸の松の内は七日まで。あと五日のうちに余所の呉服屋にまでその名が轟くほど、深川鼠を売りまくらねばならない。

よろしゅうにと、言われても――。

明けて正月三日。お彩は自宅の上がり口に、ぼんやりと腰を下ろしていた。

「おい彩、なにやってんだ。俺ぁ、先に行っちまうぞ」

開け放した戸口の向こうから、杖を手にした辰五郎が急かしてくる。その声でハッと我に返った。

「うん、行ってらっしゃい。気をつけてね、お父つぁん」

初売りの昨日と違い、今日はそれほど早く出る必要はない。仕事に行く辰五郎を見送ったのちも、お彩の腰はまだ重かった。

なにせ今日からは、蔦吉と麻吉の助けを借りられない。人気芸者の二人が初売りに駆けつけてくれただけでも御の字なのだ。あとの五日は、お彩たちだけで売り上げを立てねばならない。

そう思うと、つい尻込みしてしまう。昨日の滑り出しのように、手持ち無沙汰になっては困る。

「なんでもっと自分を売り込まへんねや」

刈安の声が、さっきから何度も耳の内側で響いていた。

性根が腐っているくせに、あの男は案外間違ったことを言わない。本気で流行り色を作りたいなら、お彩は変わっていかねばならぬのだろう。

誰もがあの人なら間違いないと認める、色の目利きへと。

そのためには、さらなる知識が必要だった。そしてなにより、お彩自身が堂々としていなければいけない。

ためしに胸に手を当てて、口上を述べてみる。

「私こそが花里花魁の仕掛けを見立てた、色の目利きにございます！」

駄目だ、やっぱり恥ずかしい。だが、せめて、そういう顔をしていなければ。

いかにも色の目利きでございという、自信に満ちた顔。どうすれば、そう見えるだろうか。少なくとも、こんなふうに下ばかり向いていては侮られる。

お彩はすっと背筋を伸ばし、心持ち顎を上げてみる。まずはこの姿勢に慣れるとしよう。

「よし！」

いつまでも、くよくよしてはいられない。お彩は景気づけに両頬を叩き、すっくと立ち上がった。


正月も三日ともなれば人の往来が増えるのか、吹く風に埃っぽさが戻ってくる。裏店《うらだな》の井戸端にも寝正月に厭いたらしいおかみさんたちが集い、家々の甍《いらか》の上には子らの揚げる凧が浮かんでいる。

溝板《どぶいた》を踏んで表通りに出てゆくと、ちょうど香乃屋のおかみさんが店の前を掃き清めていた。

「あら、お彩ちゃん。今からかい？」

油店のおかみだけあって、丸髷《まるまげ》に結われた髪は今日も艶やかだ。塗りたての鬢付け油の香を嗅ぎながら、お彩は「はい」と首肯する。

「おや、おやおやおや？」

その顔を、おかみさんが覗き込んできた。

「なんだか今日は、顔が違うねぇ。なにかあったのかい」

「えっ、本当ですか」

おかみさんの鼻先が、すぐ目の前に迫ってくる。お彩は軽く身を引いて、己の頰をつるりと撫でた。

もしかして、すでに顔つきが変わっているのか。ちょっと気持ちを切り替えただけで、堂々として見えるなら嬉しい。

「ああ、なんだかいつもより明るいような。分かった、さては恋だね！」

せっかく背筋を伸ばしていたのに、すとんと肩が落ちてしまった。

お彩の気落ちには気づかずに、おかみさんは浮かれ騒いでいる。

「やっと右近さんとの仲が進んだんだね。ほらほら、なにがあったか話してみな」

威厳があるように見せたかったのに、恋する乙女と間違われてどうする。つくづく自分が嫌になり、お彩は額に手を当ててうつむいた。

「べつに、なにもありません」

「またまたぁ。女同士だ、話してくれたら力になれることもあるかもしれないよ。辰五郎さんには、秘密にしとくからさ」

違うと言っているのに、おかみさんはしつこい。そうこうするうちに店の中から、娘のお伊勢まで飛び出してきた。

「なになに、右近さんとどうなったって？」

香乃屋の母娘の真心にはいつも助けられ、ありがたく思ってはいるのだが、なんでも色恋に結びつけたがる癖はどうにかならないものだろうか。恋心なんてものは、とっくに枯れてどこかに行ってしまったというのに。

そう言ったところで「まだ若いんだからそんなわけないだろ」と、おかみさんは取り合ってくれない。

そりゃあ右近のことは、前ほど毛嫌いしていないけど。それしきの心境の変化で、恋だのなんだのと騒がれては困る。

おかみさんとお伊勢の詮索をうつむいたままやり過ごしていると、目の端に鮮やかな色が映った。肩越しに振り返ってみれば、はす向かいの団子屋の幼い姉妹が交互に鞠《まり》をついて遊んでいる。

いかにも正月の町中らしい光景だ。そういえばああいった糸鞠も、五色の糸でかがって作られる。五行の思想というものは、気づけば身近にあるものだ。

五つの色合いで昨日の恩を思い出し、お彩は気を取り直す。おかみさんとお伊勢は右近についてまだなにか言っていたが、構わず深々と頭を下げた。

「それはそうと、昨日はありがとうございました。反物を買いに来てくれて、本当に嬉しかったです」

あらためて礼を言うと、しつこかった詮索がようやく止んだ。

「なんだい、水臭い」と、おかみさんに肩を叩かれる。

「あたしたちはただ、正月気分で買い物を楽しんだだけじゃないか。ねぇ？」

「ええ、早く着物に仕立てたくて、昨日は夜なべしちゃったわ。お父つぁんに、行灯の油がもったいないからもう寝ろって叱られちゃった」

そう言って、お伊勢はころころと笑った。顔を上げてみればたしかに、目元にはうっすらと隈《くま》が浮いている。愛らしく小首を傾げるお伊勢のこめかみで、鮮やかな黄蘗色が揺れている。

「あれ？」

異変を感じ、お彩はじっと目を凝らす。いつもお伊勢のこめかみあたりで揺れているのは、簪《かんざし》のびらびら飾りだ。しかし今朝は、髪飾りが変わっている。

丸打ちの黄蘗色の紐を、梅花結びにした飾り。お彩の視線に気づき、お伊勢が「ああ、これ？」と己の頭を指差す。

「可愛いでしょ。お彩さんに選んでもらった紐で作ったの」

「ああ、それならあたしだって」

なにを思い出したか、おかみさんが手にしていた竹箒を娘に託し、店の中へ駆け込んでゆく。ほどなくして、手作りらしい袋を持って戻ってきた。

「ほら見て。自分の寸法に布を裁って、余った端切れで簡単に巾着を作ってみたんだよ。なかなかいいだろ」

その巾着は、たしかに昨日おかみさんが買い求めた深川鼠の横段模様だ。そして袋の口元をキュッと締めているのは、見覚えのある黄海松茶の紐である。

「やっぱりお彩ちゃんに見立ててもらってよかった。布と紐の色が、よく合ってるよ」

おかみさんの朗らかな笑顔を前にして、お彩の肩はよりいっそう下がってゆく。

べつに、いいのだ。おまけの紐をどのように扱ったって、客の勝手である。

頭ではそう分かっていても、つい無念が滲み出てしまう。

「あのぉ、お太鼓結びは？」

元々は、新しい帯結びを広めたくて見立てた紐だ。結び方の解説をしているときは、二人とも興味深く聞いていたはずなのに。

「ああ、あの結び方ね」

おかみさんとお伊勢は顔を見合わせてから、うーんと呻った。

「帰ってから試してみたんだけどね、紐で留めとかないとずり落ちちまうような、ご大層な帯は持ってないしさ」

「なんだかちぐはぐな感じがしたから、やめちゃった。ごめんね」

特にお太鼓結びでなくとも、帯を支えておくために紐を使うことはある。その場合の帯はたいてい、刺繡などがたっぷりと入っていて重いのだ。つまり紐は、帯がずり落ちてくるのを防ぐ役目を果たしている。

お伊勢がちぐはぐな感じがすると言うのは、そんな重みのあるいい帯を持っているわけでもないのに、ということだろう。新しい帯結びは、今までの概念を覆すに至らなかったようである。

「ううん、いいの。髪飾りも巾着も、とても素敵ね」

失望をあからさまにしないよう、お彩は笑顔を取り繕う。それでも唇の端が、引きつっているのが自分で分かる。

「それじゃあ私、もう行かなきゃ」

ごまかしきれないときは、立ち去るにかぎる。「気をつけて行っておいで」と見送ってくれる二人に手を振ってから、日本橋に向けて歩きだす。

お太鼓結びはきっと流行るはずと踏んでいたのに、己の空回りが恥ずかしい。新しいものを取り入れても、世の流れにそぐわなければ、それはただ突飛なだけだ。そのあたりの匙加減が、いまひとつよく分からない。

流行りを作るって、本当に難しいことなんだわ。

あらためて、そう実感する。「本気なら腹を決めよし」という刈安の言葉が、今さら胸に迫ってきた。

「私こそが、色の目利きでござい」と、小さく呟いてみる。

駄目だ、この程度じゃまだ足りない。お彩は晴れた空を仰ぎ、胸いっぱいに息を吸い込んだ。

「私こそが、色の目利きでござい！」

大きすぎる独り言に、往来の人がなにごとかと振り返る。恥ずかしさに体が縮こまりそうになるが、お彩は毅然と顔を上げて歩き続けた。

なにごとにも、時流というものがある。

お太鼓結びが流行るのは、これよりもずっと後。世が改まり、明治も終わりに差しかかってからのことである。

色まさりけり

一

花嫁は、日が暮れてから家を出る。

すでに暮れ六つ（午後六時頃）過ぎ。ゆらゆら揺れる提灯《ちょうちん》の明かりの中に、白無垢姿の女がぼんやりと浮かび上がった。裏長屋におよそ相応《ふさわ》しくない装いゆえに、夢の只中にいるような妖しさが漂っている。

白練帽子に、紅裏白綸子《もみうらしろりんず》の打掛。拙い落書きは綺麗さっぱり落ちたようで、背中まですっかり白い。姉の蔦吉《つたきち》に手を取られ、花嫁の麻吉《あさきち》がはにかんだように進み出る。

婚家から寄越された迎えの駕籠《かご》までの間には、朋輩の芸者衆や近所の者が見送りに集まっていた。美しい花嫁に向かって皆口々に祝いの言葉を述べ、麻吉が礼を返してゆく。その横顔は耳にまで、丁寧に白粉《おしろい》が塗られていた。

「ほんに、綺麗どすなぁ」

隣に立つ右近《うこん》が、手を叩きながら目を細める。

お彩《あや》は花嫁に視線を戻し、「ええ、そうですね」と頷《うなず》いた。

そろそろ春も盛りを迎えようという、二月吉日。人気芸者であった麻吉が、深川でも指折りの大店《おおだな》へと嫁ぐ日だ。白ひと色に装われた麻吉は、まるで自らが発光しているかのようだった。

婚家から差し向けられたのは、町駕籠の中でも最上級の法仙寺《ほうせんじ》駕籠。白練帽子を被った頭が崩れないよう、乗り降りの際に春慶塗《しゅんけいぬり》の屋根の一部が開くようになっている。

乗り込む前に麻吉は見送りの面々にもう一度深く頭を下げ、それからたまりかねたように傍らの蔦吉に抱きついた。

「なんだい、お前さん。こんなめでたい日に泣くんじゃないよ。ほら、化粧が崩れちまう。せっかく綺麗に塗ってやったんだから、さっさと引っ込めな」

そう言う蔦吉も、目が赤い。指摘したところで、提灯の火のせいさと強がるに違いないけど。突き放すような口調とは裏腹に、麻吉の肩を撫でる手つきはどこまでも優しかった。

芸者として身を立てて、互いに助け合ってきた姉妹である。つられてお彩の目頭も熱くなり、駕籠に乗り込む花嫁の姿が滲んで見えた。

「それでは、よろしくお頼みします」

「はい、たしかに。本日はおめでとうございます」

駕籠につき従ってゆくのは仲人のみ。蔦吉はこの場に残るらしく、丁重に後を託している。やがて準備が整って、揃いの印半纏《しるしばんてん》を着た駕籠舁《か》きたちが息を合わせて立ち上がった。

「ヨッ、日本一！」

「幸せにおなりよ」

「麻吉姐《ねえ》さん、今までありがとう！」

集まった者は皆盛大に手を叩き、あるいは頭の上で手を振って、遠ざかってゆく駕籠を見送った。

異変が起こったのは、駕籠が夜陰に紛れてすっかり見えなくなったころである。見送りの中にいた者が一人、腰が抜けたかのようにその場に膝をつき、叫びだした。

「ちくしょう。麻吉、麻吉よぅ。うわぁぁぁぁぁ！」

三十がらみの貧相な男である。それが人目も憚《はばか》らず、身を振り絞るようにして泣いている。

すぐさま訳知り顔の輩が二人、駆け寄って両脇を支えた。

「よしよし、よく堪《こら》えた。笑顔で見送ると約束したもんな」

「今夜は飲もう。とことん飲もう」

慰められても泣きやむことなく、男は嗚咽《おえつ》しながら引きずられてゆく。そのまま同じ並びの長屋の一室へと担ぎ込まれて行った。

突然の出来事にぽかんとしていると、トントンと肩を叩かれた。顔を振り向けてみれば、蔦吉である。お彩の耳元に鼻先を近づけて、こう囁いてきた。

「あいつだよ。花嫁衣装に下手くそな落書きをしやがったのは」

なるほど、それならば合点がゆく。つまりあの男こそが、麻吉に振られた絵師崩れなのだ。

袖にされた腹いせに花嫁衣装に落書きをし、行方知れずになっていた絵師は、ほどなくして橋の下に寝起きしていたところを見つかった。水で簡単に落ちる絵の具を使っていたとはいえ、洗い張りも無料《ただ》ではない。そのかかりに迷惑料を乗せて、蔦吉からこってりと搾り取られたそうである。

それでもこのめでたい日に、麻吉を笑顔で見送ったのだからたいしたもの。「これでやっと水に流せますなぁ」と言いながら、右近が前に進み出てきた。

「蔦吉はん。この度はほんにおめでとうございます」

「こちらこそ、わざわざ見送りに来てくださって感謝しますよ」

「せやけど、この後の祝言《しゅうげん》には行きまへんので?」

右近の問いかけに、お彩も同意して頷く。

花嫁の親は娘を家から送り出し、後から婚家に赴いて宴席に加わるのが常である。この場合は親代わりの蔦吉が、その役目を果たすはず。それなのに晴れ着でもない深川《ふかがわ》鼠《ねずみ》のお召をさらりと着て、芸者拵《ごしら》えで佇《たたず》んでいる。

「行きゃあしませんよ。アタシなんかがいたって場違いだしね。これからお座敷だって入ってるんだ」

先方はすでに舅も姑も死没しており、嫁入りとはいえ当人同士の気楽なもの。これ以上出しゃばる気はないよと言って、蔦吉は笑った。

だからといってこんな日に、わざわざ仕事を入れずともよさそうなもの。気丈な蔦吉は決して口に出さないが、急に一人になるのは寂しいのだろう。

忙《せわ》しなさに取り紛れていたほうが、心は落ち着く。火事によって盲《めし》いた父親以外のすべてを失ったことのあるお彩には、その気持ちがよく分かった。

「ところでさ」

妹を立派に送り出し、万感胸に迫るものがあったらしい蔦吉が、やにわに頬を引き締める。お彩と右近を交互に見て、こう尋ねてきた。

「あんたたち、霊巌寺《れいがんじ》表門前の三竹屋《みたけや》って店は知ってるかい？」

ここは深川黒江町《くろえちょう》。霊巌寺は同じ深川でも、少し北に位置している。訪れてみたことはなく、店の名も初耳だ。右近も同様らしく、揃って「いいえ」と首を振った。

「それなら明日か明後日か、いつでもいいから日のあるうちに訪ねてみな」

聞けば三竹屋というのは、小さいながらも呉服屋であるという。

「なにがあるんですか？」と訝《いぶか》るお彩に、蔦吉は「行きゃあ分かる」と肩をすくめてみせた。

翌日は朝のうちに一件、色見立ての依頼が入っていた。

ありがたいことに、客が所望するのは深川鼠。お彩はそれに合う帯を見繕うだけでよかった。

近ごろはそんなふうに、深川鼠ありきの相談が増えてきている。顔映りを見てほしいとか、合わせる小物を選んでほしいといった具合である。

正月の初売りからずっと、この色を前面に押し出してきた成果だろうか。お彩が考えた色の名が、じわじわと広まりつつあるのを感じる。

しかしまだ、塚田屋《つかだや》で買い物ができるくらいの金持ちの間で少しばかり話題になっているだけだ。これではとても、流行《はや》り色とは呼べなかろう。深川鼠を江戸中に広く知らしめるには、なにかもう一手、あっと驚くような仕掛けが必要なのではないかと思う。

その一手をどう打つかは、右近でさえ考えあぐねているようだった。

「まぁひとまずは、三竹屋はんとやらに行ってみまひょ」

塚田屋の奥の間で昼餉《ひるげ》を終えてから、連れ立って出かけることになった。

蔦吉がわざわざ訪ねてみろと言うくらいだから、深川鼠を流行らす手がかりがそこにあるのかもしれない。

用事を終えたらまっすぐ家に帰れるよう、お彩は深川鼠の鮫小紋《さめこもん》から木綿の普段着に着替えて塚田屋を出た。

外は桜の蕾も肥えつつある、いい陽気である。日本橋は人出が多く、ともすれば右近とはぐれそうになってしまう。

「大丈夫でっか。手ぇでも繋いどきまひょか」

白壁の土蔵が建ち並ぶ小網町で京紫《きょうむらさき》の背中にやっと追いつくと、剽《ひょう》げた顔で手を差し出された。冗談じゃない。幼い子供じゃあるまいにと、お彩はそっぽを向いた。

「向かう先は分かっているんですから、少しくらいはぐれたって平気です」

「なんとまぁつれないこと。お彩はんはいつになったら、わてに心を開いてくれるんやろか」

「馬鹿なことを言ってないで、行きますよ」

戯《ざ》れ言の相手はしていられないと、今度はお彩が先に立って歩きだす。

足早に進むうちに、だんだん潮の香りが濃くなってきた。大川に架かる永代橋《えいたいばし》は長さが百十間余りもあり、遮るものなく海風にさらされる。春とはいえ、頰に吹きつける風はまだ冷たかった。

着物の裾が乱れぬよう上前を押さえて橋を渡りきると、その先は掘割で細かく区切られた深川の町。道行く人に聞きながら、小さな橋をいくつも越える。目当ての霊巌寺は久世《くぜ》大和守《やまとのかみ》様の下屋敷の裏にあり、武家地に囲まれた門前町はささやかなものだった。それゆえに、三竹屋という呉服屋もすぐ目についた。屋号にちなみ、三本の竹が描かれた看板が、間口三間ほどの小店にかかっていた。

「なるほど、こうきましたか」

店の前に足を止め、右近がにやけ面で顎を撫でる。

お彩にも、蔦吉が「訪ねてみな」と言ったわけがすぐに分かった。

入り口には晒し木綿の幟《のぼり》が出され、はたはたと風に煽られている。そこにはさして上手くもない字で、このように書かれていた。

『深川鼠はじまりの地』

二

三竹屋の主人は、醤油煎餅のような面立ちの男だった。

つまり肌が浅黒く丸顔で、頬骨が出っ張っている。暖簾《のれん》を分けて入ってきた右近を見ると、満面に笑みを広げて擦り寄ってきた。

「ようこそ、いらっしゃいませ。今日はなにをお探しで？」

身なりのよさに目をつけて、上客と判断したのだろう。お彩のことは供の女中とでも思ったか、一瞥《いちべつ》もくれはしなかった。

店座敷は六畳ほど。奉公人を置くような規模ではなく、家族で切り盛りしているようだ。主人が「おい、茶を一つ！」と声を上げると、しばらくしてお内儀らしき女が奥から出てきた。

沸かして置いてあったらしい、番茶である。当然のように、お彩の分はなかった。

そのくらいのことで、目くじらを立てるつもりはない。右近は上がり口にするりと腰かけたが、お彩は供のふりをして、そのまま土間に控えておくことにした。

「どうもおおきに。表に出とった深川鼠とやらが気になりましたんで、寄らせてもらいましたわ」

「それはそれは。お客様は、上方から？」

「へぇ、そうどす」

右近はなに食わぬ顔で、出された茶を啜《すす》っている。

表の謳い文句を見てすぐ「ほな、ちょっと見さしてもらいまひょ」と中に入ってしまったから、その意図は分からない。あの幟はどういうことだと、問い詰めはしないのだろうか。

右近は以前、流行りというのはどんどん真似をされてこそと言っていた。江戸中の呉服屋を巻き込んで、深川鼠を売ってゆく。ならばいち早くこの色に目をつけた三竹屋は、責められるべきではないのかもしれない。

だけど、「はじまりの地」を謳うのは――。

さすがに、やりすぎではないか。少なくとも発案者のお彩は腑に落ちない。本音を言えば「嘘をつかないでください！」と、二人の間に割り込みたいところだ。

それでもぐっと、腹の底に力を入れて堪える。きっと右近には、なにか考えがあるに違いない。

「ならぜひとも、深川鼠の反物を土産にしちゃどうです。その名のとおり、実に深川らしい色ですから」

三竹屋は、もはや揉み手をせんばかり。曖昧な返答をしたせいで、上方からの旅行者だと思われている。その誤りを正すことなく、右近は平然と問いかけた。

「深川らしいとは、どうゆうことでっしゃろ？」

「それを知りたければ、深川でお茶屋遊びをなさいませ。芸者衆はたいがい、深川鼠をまとっているはずですよ」

「ほほう。その流行りの産みの親が、この店やと？」

「ええ、そうです。私は以前から、深川にちなんだ色があればいいのにと思っておりましてね。なければ作るまでと、ひらめいたわけですよ。それが粋な辰巳芸者に受けまして、あっという間に広まったというわけです」

店主の口上を聞きながら、お彩は拳をぐっと握りしめる。

そんなわけはあるまい。湊鼠《みなとねずみ》を深川鼠という名に改めて売ると決めたのはお彩だし、その着物を仕立代まですべて無料で芸者衆に配ったのは右近だ。三竹屋は知恵も金も一切出さず、手柄だけ横取りしようと嘘八百を並べている。

おそらく蔦吉周りの人気芸者がこぞって身に着けているのを見て、勝手に売り文句を考えたのだ。永代寺門前町と違い、このあたりには気の利いた料理茶屋などないから、見咎められないとでも思ったか。霊巌寺の参拝客に深川土産として売りつけて、荒稼ぎする心積もりでいるのだろう。

なんて卑怯な。

店主に向ける眼差しが、知らぬ間に尖ってしまう。それでもお彩をものの数にも入れていない相手は、不穏な気配に気づかない。

「ほなさっそく、見せてもらいまひょか」

「はい、少々お待ちくださいませ」

座敷に膝をついて応対していた店主が立ち上がり、いったん奥へと引っ込んだ。その隙に不満を口にしようとしたお彩を振り返り、右近が鼻先に人差し指を立ててみせる。

いいから静かにしていろ、そういうことか。

言いたいことは数あれど、お彩はひとまず唾と一緒に喉元まで出かかっていた言葉を飲み込んだ。

店主が奥から持ってきたのは、丹後縮緬《ちりめん》の色無地だった。

もっと安価な布地もあっただろうに、この客ならばと値踏みされたのだろう。座敷に広げられた反物を見て、お彩は今度こそ一歩前に踏み出しそうになった。

「これが深川鼠です。とくとご覧くださいませ」

自信満々に勧めてくる店主に、「どこが！」と嚙みつきたくなる。すんでのところで先ほどの合図を思い出し、唇を一文字に引き結んだ。

「ほほう、これが。ええ色どすな」

右近は動揺をおくびにも出さず、反物を覗き込んでいる。まさかなにも気づいていないのではと、不安になるほどである。

「でしょう。上方のお人には地味に思われるかもしれませんが、これが深川では受けるんですよ」

「なんのなんの。渋いわりに底光りのする、味わい深い色どすわ。ほな、これをいただいていきまひょ」

「それはそれは。ありがとうございます」

信じられない。こんなものを、買うの？

お彩は下唇を噛みながら、これでもかと目を見開いた。深川鼠のはじまりを謳う偽者を、わざわざ儲けさせてやる義理がどこにある。しかも店主が出してきた反物は、どこをどう見てもお彩が広めようとしている深川鼠と同じ色ではなかった。

塚田屋に帰れば似たような反物などいくらでもあるというのに、右近はにこにこと大枚をはたいている。もちろん店主も上機嫌で、低頭しながらその金を受け取った。

「せや、深川鼠ゆうても京の者《もん》にはよう分からしまへんよって、由来を一筆書いてもらえまへんか」

「はいはい、そのくらいはお安いご用で」

戸惑うお彩をよそに、話はとんとん拍子に進んでゆく。店主はさっそく帳場格子の中に入り、筆を取ってさらさらとなにごとかを書きつけた。

「これでよろしゅうございますか？」

見せられた紙には『江戸深川にて流行の深川鼠』と、黒々とした筆跡で記されている。

「あとその横に、屋号も入れといてもらえますか。『深川鼠はじまりの地』ゆう文句と一緒に」

「かしこまりました」

言われたとおりに書き足して、店主はもう一度こちらに見せてくる。

「よろしおす」と、右近は満足げに頷いた。

墨が乾ききるのを待ってから、その紙で反物を巻いてもらう。品物を受け取ると、右近はこれで用は済んだとばかりに立ち上がった。

「おおきに。ええ買い物ができましたわ」

まさか自らの身分を明かしもせずに、買い物だけして帰るとは。畳に手をついて見送る店主と帰ろうとする右近を見比べてから、お彩も慌てて外へ出た。

足早に遠ざかってゆく右近を、下駄を鳴らして追いかける。この男の得体の知れなさはいつものことだが、輪をかけてなにを考えているのか分からなかった。

「どうしてそんなものを買ったんですか」

三竹屋から充分離れ、右近が足取りを緩めた。追いついたとたん、お彩はさっきの行いを責め立てた。

「見て分からないんですか。それ、錆浅葱《さびあさぎ》ですよ」

深川鼠とは、よく似た色だ。なにせどちらも藍染めの一種である。蓼藍《たであい》で明るく染めた浅葱色をくすませたものが錆浅葱であり、深川鼠はそれよりさらに色の鮮やかさが抑えられている。

お彩の目には、その違いは一目瞭然。色に聡くない者でも、二色を横に並べれば別の色だと分かるはず。しかし引き比べてみなければ、混同してしまうむきもあるかもしれない。

おそらく三竹屋の店主は芸者衆が「深川鼠」と呼んで身にまとっている色を見て、錆浅葱だと思ったのだ。その色の反物なら、うちにもある。ならば深川の呉服屋が深川鼠を売り出すことに、なんの不都合があろうか。

そんな思惑が肥大して、「深川鼠はじまりの地」を謳ってしまった。まさか日本橋の大店が裏で糸を引いていたなんて、思ってもみなかったのだろう。

その糸を手中に握っている張本人は、今お彩の目の前で「分かってますがな」とむくれている。

「分かっているなら、なぜ指摘しないんですか。深川鼠は塚田屋で売り出した色じゃありませんか」

「そうどすなぁ。深川鼠という名前を使ってもらうのはええのやけども、はじまりの地を謳われるんはちと具合が悪いかもしれまへん」

「ほら、やっぱり。さっさと戻って、話をつけてきましょう」

右近とお彩に課せられた試練は、流行り色をつくること。そのはじまりが誤って広まろうものなら、あの刈安《かりやす》のことだ。「うちの手柄やなかったみたいやな」などと言って、約束を反故にしかねない。

そうなれば今までの苦労は水の泡。右近は江戸を追われるし、お彩は色見立ての仕事ができなくなる。偽りが広まってからでは遅いから、すぐにでも取って返して、あの醬油煎餅顔の店主を締め上げておくべきだ。

お彩はさっと身を翻し、来た道を戻ろうとする。だがいくらも行かないうちに、後ろから袖を摑んで引き留められた。

「まぁまぁ、落ち着いて。お彩はんは相変わらず、血の気の多いことで」

「なんです、私のどこが！」

「そうゆうとこどす」

カッとなって振り返ると、右近は人を食ったような笑みを浮かべていた。

そうだった。度を失えば失うほど、この男にからかわれる。相手の術中にはまってはいけないと、お彩はざわざわする胸元を撫でてから息を吐いた。

「いったい、なにをたくらんでいるんです？」

「嫌やわぁ。たくらむやなんて、人聞きの悪い。わてはただ、深川鼠のはじまりを謳う店が二つもあるなんて面白い。ちょっと手を加えたら、もっと面白《おもろ》なるんちゃうやろかと、こう思っただけどすえ」

これもまた、いつもの手だ。邪気などないと言い張って、右近は買ったばかりの反物を胸に抱く。その白々しさに、お彩はすっかり毒気を抜かれてしまった。

「手を加えるとは？」

「せやなぁ。せっかくやからこの話を、面白おかしく書きたてて広めてみまひょか」

「なんですって？」

ほんの一瞬、己の耳がおかしくなったのかと疑った。だってそうだろう。偽者の存在を封じ込めるならともかく、自ら広める馬鹿がどこにいる。

右近はお彩の問いをもはや受けつけず、思案げに首を傾げるばかり。

「そうはゆうても泉市《せんいち》はんにお願いすると、ちょっとばかり値が張りすぎますわなぁ」

などと、独り言を呟《つぶや》いている。

泉市とは、和泉屋市兵衛《いずみやいちべえ》。芝神明宮《しばしんめいぐう》前に店を構える版元だ。まさか右近はこの顚末を、摺物《すりもの》にするつもりなのだろうか。

「そうなると――。うん、わてちょっと今から、黒江町に寄ってきますわ」

なにやら思案がまとまったようで、右近がようやく顔を上げる。

黒江町には、昨夜も赴いた。芸者の蔦吉に、また頼みごとでもできたのか。

「寄ってきますわ、じゃありませんよ。私も行きます」

深川鼠に関することで、勝手に動かれては不安になる。幸い日はまだ充分に高く、お彩は慌てて同行を申し出た。

下手くそな猫の絵が彫られた版木を、手に取ってまじまじと眺める。

その上半分には文字が彫り込まれており、題字は『深川鼠のはじまり謎の顚末』となっている。

三

文字の左右が逆になっているため読みづらいが、なんとか読み進めてみると、こういう内容だ。

日本橋にて呉服を商う塚田屋は、正月の初売りから大々的に深川鼠を売り出してきた。これは辰巳芸者に好まれ広く受け入れられており、その色の名づけ親こそ、当店色見立て役の某女である。

ところがここにきて深川霊巌寺前の三竹屋なる店が、「深川鼠はじまりの地」の名乗りを上げたではないか。こはいったい、いかなること。話を聞いてみれば三竹屋は、己こそが深川鼠の名づけ親だと言い張った。

はたしてどちらがまことの名づけ親であろうか。とまれなにごとも、流行れば偽者が顔を出すのは世の常である。かの深川鼠、人気はもはや深川に留まらず、江戸中に広まるものと見ゆるべし。

ざっと目を通し、お彩はぎゅぎゅぎゅぎゅと眉根を寄せた。

右近と連れ立って三竹屋を訪ねてから、すでに三日が経っていた。その間に右近は絵師と彫師を探しだし、この版木を作らせたわけである。

偽者が現れた顚末を摺物にするつもりなのではという、お彩の予想は当たっていた。だがこの内容は、いったいなにを訴えたいのだ。

三竹屋を糾弾しないばかりか、偽者がどちらかも断じずに、曖昧に流している。のみならずそれが世の常と、擁護しているようにも読み取れる。しかもこの文章に添えられた絵が子供の落書きのような猫なのだから、ますます意味が摑めない。

この絵を描いた絵師こそが、歌川忠国《うたがわただくに》。と、たいそうな名を名乗っている黒江町に住む男である。すなわち婚家から贈られた麻吉の白無垢を、青花紙《あおばながみ》の絵の具で汚した張本人だ。

「なぜ、猫なんですか」

手にした版木を睨みながら、隣を歩く右近に声をかける。それに対する返答は、単純明快であった。

「忠国はんが、猫しか描けやしまへんからな」

塚田屋を出てすぐの、本石町《ほんごくちょう》二丁目の通りである。版木にばかり気を取られていては通行の邪魔になるので、お彩はいったん前を向く。

近所に据えられた時の鐘が、先ほど昼四つ（午前十時頃）を報せたばかり。朝一番に入っていた色見立てを終えたところに、仕上がったばかりのこの版木が届けられたわけである。

「せやけどさすがは忠国はん。無料《ただ》同然で仕事を受けてくれましたわ。持つべきもんは、売れへん絵師の知り合いどすな」

五代目和泉屋市兵衛を介せば、こちらの顔を立ててそれなりに腕のいい絵師を引き合わせてくれるはず。だがそれでは費えも嵩む。なるべくかかりを抑えたいと、目をつけたのが忠国だったというわけだ。

それにしても、ひどい言い様だ。売れない絵師に、つい同情を寄せてしまう。だが依然として、納得はいっていない。

「文章と絵が、まったく合っていませんが」

「そんなことあらしまへん。ほれ、猫がちゃんと着物を着てますやないか」

たしかに猫は、着物らしきものを身にまとっている。見ようによっては腹巻きのようでもあるが、一応衿が描き込まれていた。

しかも版木は、もう一枚ある。どうやらこの着物には、色を載せるつもりらしい。

「さっと読んで捨てられる読売なんてもんは、このくらいの粗があったほうが味わい深いでっしゃろ」

「読売なんですか、これ」

　思いがけぬことを言われ、お彩は目を丸くする。

　読売、後には瓦版ともいう。深い編笠で顔を隠した売り子が、二人ひと組になって売り捌《さば》くあれである。

「言うてまへんでしたっけ。まぁ読売ともまた、違うかもしれまへんな。辻々に立って道行く人に、無料《ただ》で配るつもりですよって」

　世間一般の読売ならば、安くとも一枚四文は取る。ならばこれは、広告用のちらしである引札に近い。手当たり次第に配るなら、絵師に金をかけられなかったのも頷ける。彫師も忠国の知り合いである見習いに頼んだらしく、彫り跡が荒々しい。だが下手くそな絵と相俟って、不思議と味があるように見えるのも事実であった。

「あとはこれを、ぎょうさん摺ってもろたら仕舞いどす」

　どうせ摺師も、見習いの半端者に頼むつもりなのだろう。摺物としての出来不出来はともかくとして、お彩には解せぬことばかり。

「こんなものを配って、なんになるんですか。これじゃ悪者が誰か分かりません。すぐにでも、三竹屋をとっちめる内容に書き換えましょう」

「お彩はんはほんに、まっすぐどすなぁ。そうゆう腹芸のでけんところ、わては好きどすえ」

「なにを！」

齢二十も半ばといえ、殿方から面と向かって好きなどといわれたのははじめてのこと。相手が右近でもついうろたえて、頬に朱を昇らせてしまう。

その隙に右近は、高らかな笑い声を上げてどんどん先へと歩いていった。

しまった、はぐらかされた。と気づいたときには、その背中はすでに小伝馬町《こでんまちょう》の通りに差しかかろうとしている。左手にそびえるのは、牢屋敷の塀である。周囲にはぐるりと堀が巡らされ、物々しい気配であった。

ちょっと待って、このあたりは――。

嫌な予感が胸に兆し、お彩は版木を抱きしめる。歩調を緩めてついてゆくと、右近は案の定、牢屋敷の向かいの路地へと入って行った。

――嘘でしょう。

そりゃあ版木が仕上がったのだから、次は摺師の元に向かうのだろうとは思っていた。だからといって、そんな因縁浅からぬ所に行かなくても――。

「なにしてますねや、お彩はん。版木がなかったら話になりまへんがな」

お彩がついてきていないことに気づき、引き返してきた右近が路地から顔を覗かせる。こちらの胸中を慮《おもんぱか》りもせず、笑顔で手招きなんぞしている。

間違いない。これから右近が赴こうとしているのは、摺久《すりきゅう》もとい木曽屋久兵衛《きそやきゅうべえ》の仕事場だ。あの外連味《けれんみ》あふれるいけ好かない男と顔を合わせるなんて、まっぴらだった。

冗談じゃないわと胸の内で吐き捨てて、お彩は二枚の版木を揃えて差し出す。この先は一人で行ってくれという、意思を示したつもりである。

ところが右近はなにを思ったか、痛ましげに眉を顰めてみせた。

「ああ、そうどすな。お彩はんはまだ、卯吉《うきち》はんに未練が――」

「そんなものは、ありません！」

見当違いの解釈に、お彩は激しく嚙みついた。かつての許嫁《いいなずけ》になど進んで会いたいわけはないが、未練を残していると思われるのは業腹だ。恨みこそすれ、思慕の情などもはやこれっぽっちも残っていない。

「今さらあの人に会ったところで、なんだというんです」

右近に乗せられているだけなのは、うっすらと分かっている。だがこちらにも、曲げられぬ意地がある。

お彩は鼻息も荒く、路地へと一歩踏み込んだ。

「さぁ、なにをしているんです。行きますよ」

少し行った先の軒下に、久の字を彫り込んだ看板が出ている。摺久など、なにほどのものか。お彩は勇ましく、看板目がけて歩んでいった。

摺師の仕事場なんてものは、どこもそう変わりはないらしい。

入り口の暖簾をくぐるとまず土間があり、その先は十畳ほどの板の間だ。シュッシュッと馬楝《ばれん》のこすれる音を立て、摺師たちが黙々と作業にあたっていた。

立ち込める絵の具のにおいも、礬水《どうさ》引きを終えた紙が所狭しと干された様も、なにもかもが懐かしい。胸に迫るものがあり、お彩はしばし息をするのも忘れていた。

「ごめんやす」

後に続いて入ってきた右近が訪《おと》ないを告げなければ、そのまま立ちつくしていたかもしれない。声に気づいて顔を上げた摺師の一人が、血相を変えてその場に膝立ちになった。

「なんだ京紫、またてめぇか。こんな所までおめおめと、なにをしに来やがった！」

勢いのある眉を跳ね上げて、唾を飛ばしてわめき立てる。右近を前にするとこの男は、どうも冷静ではいられぬようだ。

「ああ、ご無沙汰しとります犬吉はん」

「俺ぁ、卯吉だ！」

突然はじまった喧嘩腰のやり取りに、皆なにごとかと顔を見合わせている。その中には父辰五郎《たつごろう》の弟子であった平太《へいた》もおり、お彩を見て元よりまん丸な目をさらに大きく見開いた。

卯吉とは望まずとも幾度か顔を合わせていたが、平太に会うのは実に四年ぶりである。以前はまだ少年の面影を残していたが、会わぬまに肩つきがたくましくなり、すっかり大人の男の風貌となっていた。

そう、もうそんなに経つのね。

三度の飯の世話をしてやり、褌《ふんどし》すら洗ってやったことのある平太は、歳の近い弟のようなものだった。その成長に、お彩は時の流れの無情を感じる。日の差さない裏店《うらだな》で足踏みをしているうちに、自分も同じだけ歳を取ってしまったのだ。

お彩がしんみりしているうちにも、右近と卯吉のくだらない応酬は続いている。卯吉がむきになればなるほど、右近は勢いづいてしまう。

「ちくしょう、頭にきた！」

ついには卯吉が腕まくりをし、土間に降りてこようとする。だがその前に板の間の向こうの障子が、自棄《やけ》くそのような勢いで開いた。

「うるせぇ。口を縫い合わされてぇ奴はどいつだ！」

その障子の先が、きっとこの男の住まいなのだろう。黒の小袖に真っ赤な腹切帯を締めた摺久が、まなじりを吊り上げて立っている。

騒動とはかかわりのない弟子たちが「ヒッ」と身を縮め、止まっていた手を動かしはじめた。かつてはお調子者で場を明るくしていた平太ですら、唇をぎゅっと引き結んでいる。

どうやら摺久の存在が、恐ろしくてたまらないらしい。血走った目で睨みつけられて、卯吉が小便を放った直後のように身震いした。

そんな刃物のごとき眼光を、ものともせぬ男が一人。再会を喜ぶ笑みさえ浮かべ、右近がひょいと右手を上げた。

「どうもどうも、摺久はん。紅葉狩り以来どすな」

もしかすると近目なのか、摺久が怪訝そうに目を眇《すが》める。しかしよく見えずとも、この京紫は目立つはずだ。

「なんだ、てめぇか」

しばらくすると記憶の糸が繋がったらしく、摺久は盛大に舌打ちをした。

「冗談じゃねぇ。てめぇ、俺を誰だと思ってやがる」

板の間の上がり口に腰掛けて、摺久がすぱすぱと煙草を吸いつけている。褌が見えるのも構わずに片膝を立て、旨そうに煙を吐き出した。

お彩の父辰五郎は、燃えやすい紙が山とある仕事場では決して煙草を吸わなかった。それなのに摺久ときたら、知ったことかと言わんばかり。やはりこの男のことは、どう転んだって好ましく思えそうにない。

そんな相手の機嫌を取るべく、右近が揉み手であからさまな世辞を言う。

「へぇ、そりゃあ江戸のみならず日の本一の摺師、摺久はんどすわ」

「ああいかにも、その摺久だ。生憎《あいにく》俺ぁ引っ張り凧でね。こんな端物にかかずらってる暇はねぇんだよ」

世辞をすんなり受け入れて、摺久は膝元に置かれた版木を煙管《きせる》で指し示す。

その尊大さは脇に置くとして、暇がないのは事実だろう。難の多い人物だが、摺久の腕前は確かなものだ。そうでなければ辰五郎が大事な弟子を、この男に託すわけがない。版元から依頼された仕事をこなすだけでも、そうとうに忙しいはずだった。

「そこはまぁ、無理を言うてることは分かってますよって。お礼のほうは、充分に弾ましてもらいます」

「ふぅん。それならまぁ、おい卯吉、お前がやれ」

「へ、アタシですか？」

摺久に頭を叩かれて己の摺り台に戻っていた卯吉が、思わぬ指名に顔を上げる。そんな二流三流の版木を扱うなんてまっぴらだという不満が、語らずとも眉間に滲み出ている。

猫がまとっている着物に色をつけるにしても、せいぜい二色摺りの仕事である。なおかつ絵も彫りも拙くて、辰五郎の元にいたころからぼかし摺りの腕を見込まれていた卯吉には役不足に違いなかった。

しかし右近も引く気配がない。土間に立ったまま腰を屈め、摺久の顔を覗き込む。

「いやいや、そこはぜひ摺久はんに」

「なんだとてめぇ。俺の腕じゃ物足りねぇってのかよ」

ついさっきまでやりたくないと顔に書いていたくせに、卯吉が再び噴き上がる。馬楝を放り出して立ち上がりかけたところへ、摺久の鋭い声が飛んだ。

「平太、三軒隣の畳屋へ行って、畳針を借りてこい」

縫い針どころでない太い針で、口を縫い合わせるぞという脅しだ。とたんに弟子たちはしんとなり、平太はなにも聞こえなかったふりをしてうつむいた。

「はん!」と大きく鼻を鳴らし、摺久は「意気地のねぇ奴らだ」と煙草盆に吸い殻を落とす。そのままくるりと煙管を回し、雁首を右近に突きつけた。

「どうも分からねぇなぁ。こんな読売もどき、なるたけ金をかけねぇよう半端な絵師と彫師を頼んだんだろ。いったいどうして摺りだけは、一流の俺にやらせてぇんだ?」

それはさっきから、お彩も感じていた疑問だった。無料《ただ》で配る摺物ならば、摺師も無名の者で充分だ。この工程にだけ金をかけようとするのは、どう考えても歪《いびつ》だった。

「それには理由《わけ》がおますねや。絵の中の猫が着とる着物をぜひ、この色に摺り上げてもらいたいんどす」

右近はへらへらと笑いながら、お彩が着ている着物を指し示す。今日はまだ着替えをしていないから、仕事着のままであった。

お彩の鮫小紋に目を留めて、摺久がフンと鼻を鳴らす。

「湊鼠か」

「ええ、うちではこれを深川鼠と名づけましたんや」

さすがは摺師として、多彩な色に日々触れているだけのことはある。版木の文章に目を落とし、摺久は「なるほどな」と事情を理解した。

「つまりてめぇはこの読売もどきで、深川鼠とは湊鼠のことでございと江戸中に知らしめてぇわけだな」

「さすが摺久はん、話が早い」

頰に喜色を滲ませて、右近が手を打ち鳴らす。そしてようやく、その企みをすっかり明かした。

「わてらは深川鼠という名を広めたいんやけども、色みの近い錆浅葱や利休鼠なんかと取り違えられても困りますやろ。せやけど手元に見本があれば、そのへんの呉服屋はんも古着屋はんも、間違えずに深川鼠を売り出してくれると思いますねや」

ようするにこの読売もどきは、三竹屋の不正を正すために摺るのではない。深川鼠の名と色を、あやまたずに広めるためにあるのだ。

ならば偽者がどちらかを明らかにせず、ただこの色が流行るとのみ告げ知らせている版木の文章は、右近の狙いどおりなのである。

まさか、そんな考えがあったなんて。

はじめて知った企みに、お彩はしばし啞然とする。それならそうと、あらかじめ耳打ちしてくれればよいものを。右近ときたら驚いているお彩を見てしてやったりという笑みを浮かべているのだから、性質《たち》が悪い。

だがこれでようやく、腑に落ちた。お彩は「なるほど」と大きく頷く。

「つまり深川鼠の色を、まったく同じに摺り上げるだけの腕がある摺師でなければいけないんですね」

一枚二枚ならともかく何百枚も摺るとなれば、どうしても色みにムラが出る。絵の具を作り直せば微妙に色が変わってしまうし、版木につける絵の具がほんの少し厚いだけでも紙に映る趣《おもむき》に違いが出る。名作と名高い錦絵の初摺といえど、細かく見れば多少の差異はあるものだ。

しかしこの読売もどきにかぎっては、色ムラがあっては見本としての意味をなさない。右近が摺りにのみこだわっているのは、そのためだった。

「とんでもねぇ注文をつけやがる。ただでさえ忙しいってのに、そんな面倒な仕事はご免だ」

摺久は懐から手拭いを取り出し、気がないことを示すように煙管の羅宇《らう》を拭きはじめる。お彩はそれを尻込みと見て、挑みかかった。

「できないんですか。摺辰なら朝飯前でしたけど」

「なんだと」

自分こそが日の本一だ、一流だと主張する摺久の傲岸さが、さっきから鼻についていた。光さえ奪われていなければ、日の本一の摺師は父辰五郎に違いない。身内の贔屓目《ひいき》を差っ引いても、彼が摺り出す色には人なら人、虫なら虫、木々なら木々の、息遣いが宿っていた。

父に劣る摺久に凄まれたところで、恐くなんかない。お彩はさらに相手を煽り立てる。

「ああ、そうだ。富士を真っ赤に塗ってしまうような摺師には、無理な相談でしたね」

「だからそれは、狙いがあってのことだと前も言っただろうが！」

ダン！　摺久が土間に下ろしていたほうの足を踏み鳴らす。弟子たちはびくりと首を縮めたが、お彩は決して怯まなかった。

しばし睨み合ってから、摺久がふんぞり返って見得を切る。

「分かった、そこまで言うならやってやろうじゃねぇか。どれだけ数が多くとも、きっちり同じ色に摺り上げてやらぁ！」

それに驚いたのは、弟子たちだ。我慢できずに口を挟んだのは、卯吉である。

「親方、そりゃ無茶だ。保永堂《ほえいどう》からの依頼もあるってのに」

「うるせぇ。そんなもん三日ほど寝なきゃどうとでもならぁ！」

ここが意地の見せどころ。摺辰の娘に馬鹿にされて引き下がれるかと、摺久は一歩も引かない。

「おい、この読売もどきは何枚必要なんでぇ」

舞台役者のように片肌脱いで、右近をキリリと睨みつける。

問われた右近はのほほんとして、こう答えた。

「摺り上がった端からもろうていきますんで、いっぺんやなくてもええんやけども。少なくとも十杯はお願いしたいどすな」

摺師が一日に摺る錦絵の枚数は、だいたい二百枚程度。その分量を、一杯と呼ぶ。右近はつまり、二千枚以上は摺ってほしいと言っているのだ。

二色摺りならば、多色摺りの錦絵よりは一日にこなせる枚数も増えるはず。とはいえ本来の仕事を滞らせまいとすると、かなりの負担になるだろう。

思っていたより枚数が多かったらしく、摺久はぐるりと白目を剝いた。

だがそれもほんの一瞬のこと。持ち前の外連味を取り戻し、すぐさま息を吹き返す。

「たわいねぇ。五日寝なけりゃ充分だ！」

そう請け負って、己の胸を叩いてみせる。

「おおきに、ありがとさんどす。よろしゅうお頼みします」

愕然とする弟子たちには気づかぬふりで、右近は手を叩いて喜んだ。

「やっぱり、お彩はんを連れてきて正解どしたな」という呟きは、拍手の音に紛れて摺久の耳には届かなかったようである。

四

二月もそろそろ終わりに近づき、まさに春爛漫である。遅咲きの八重桜も花開き、蜜を吸う雀がその花をちぎっては落としてゆく。なんとも惜しいことだが桜の花を咥《くわ》えた雀は愛らしく、目にすると口元がほころんだ。

辰五郎を仕事に送り出してから、お彩は洗濯物が入った盥《たらい》を井戸端に運ぶ。今日は昼過ぎから塚田屋に赴くことになっているが、それまではゆっくりだ。外に出る機会が増えて家のことがおざなりになりがちだから、朝のうちにやってしまわねば。

きりりと襷を締め直し、長柄杓《ながびしゃく》で水を汲む。身を切るような冷たさを忘れた水は、お彩の手指に優しかった。

桶に汲んだ水に灰汁《あく》を混ぜ、体の重みを乗せるようにして湯文字や褌を洗ってゆく。同じ裏店のおかみさんたちはすでに洗濯を終えたようで、物干し場には紅絹《もみ》や晒し木綿の布が、温んだ風に揺れていた。

「彩さん、おはよう。ねぇ、これ見た？」

大家の娘であるお伊勢《いせ》がやってきたのは、濯ぎを終えた洗濯物をぎゅうぎゅうと絞り上げている最中だった。びらびら簪を揺らしながら、自分もお彩の隣に座り込む。なにごとかと窺えば、その手に持っているのは読売である。見覚えのある紙面を、お彩の顔の前で開いてみせた。

「さっきおっ母さんがもらってきたんだけど、塚田屋の名前が出てるの。この某女って、彩さんのことでしょ」

「ああ、そうね」

お彩はあらためて、不細工な猫をとっくりと眺める。

大見得を切った摺久は、けっきょく五日もかからずに二千枚を摺り上げた。その後も追加で一日五十枚は摺らされており、「人使いが荒い！」と弟子に当たり散らしているらしい。

それでもきっちり注文どおりに仕上げてくるのだから、お彩とてその腕前は認めざるを得ない。通し番号などないから何番目に摺られたものか分からないが、お伊勢が持ってきた読売もどきの猫は、色ムラもなくたしかに深川鼠の着物を着ていた。

塚田屋の手代や小僧は、店がはじまる前に手分けしてこの紙を配らされている。身元がばれるのを防ぐため、本物の売り子のように編笠を深く被ってのことだ。香乃屋のおかみさんが受け取ったということは、彼らは健気にも、芝にまで足を延ばしているのだろう。

その甲斐あってか深川鼠の色と名は、市井にじわりと染み透りつつあるようだ。先日など右近と共に人形町界隈を歩いていたら、古着屋の店先に『深川鼠アリ〼《ます》』と書かれた札が下がっていた。店主を呼んでその着物を見せてもらったところ、たしかに深川鼠で間違いなかった。

またこの読売もどきを握りしめ、塚田屋を訪れる客も増えている。噂の深川鼠とやらを見せてくれと言って冷やかして帰る者あれば、買い求める者もあり。「某女とは誰のことだい」と問われることも多いため、お彩はこのところ毎日のように塚田屋に顔を出していた。

右近の狙いは、おそらく当たりつつあるのだろう。しかしお彩の胸にはまだ、釈然としないものが燻《くすぶ》っている。

「ねぇ、ここに書いてあることは本当なの。偽者が現れたって。大丈夫？」

気遣わしげに、お伊勢が顔を寄せてくる。そうまさにそのことが、喉に刺さった小骨のように気がかりだった。

この読売もどきが深川鼠を広めるのにひと役買うことはよく分かったが、三竹屋は依然野放しのままである。なにも手を打たずにいたら、厚顔にも自分こそが深川鼠の産みの親だと騒ぎ立てぬともかぎらない。

たとえこちらに分があろうとも、そういった流言を真に受ける者は必ずいる。噂に踊らされた輩から、「某女」であるお彩が非難されるのは耐えがたいことだった。

「どうなんだろう。右近さんに聞いても、そのうち片がつくとしか」

「あら、そうなの。だったら平気ね。右近さんがそう言うんだもの」

辰五郎にもいえることだが、お彩の身の回りにいる者の、右近への信頼の厚さはなんなのだろう。腹に一物あるうさんくさい男なのに、どういうわけか妙に好かれている。

「あんまり、根拠のないことを言わないで」

「あら、そう？ 右近さんはきっと彩さんのことを、悪いようにはしないわよ」

とんでもない。あの京紫には、いつだって振り回されてばかりである。

だがむきになって否定したところで、「お熱いわね」とからかわれるのがオチだった。お伊勢はいつだって、右近とお彩を色恋の枠に収めたがる。

お彩はなにも言わずに立ち上がり、水気が出なくなった洗濯ものをパンと広げる。洗いたての六尺褌がひらひらと風になびく様は、まるで白旗のようだった。

「なぁ、これはなんや？」

どうやら今日は行く先々で、件《くだん》の読売もどきを見せられる日のようだ。

塚田屋の奥の間で支度を済ませ、そろそろ店に出ようかという矢先。声をかけられることもなく乱暴に障子が開き、深緑の小袖を着た男が入ってきた。

顔を合わせるのは、正月の初売り以来である。まどろっこしい挨拶もなく、刈安がお彩の鼻先に突きつけてきたのが、まさに例の紙面だった。

「塚田屋の名前が出てるよと敵娼《あいかた》に見せられて、びっくりして帰ってきてしもたわ。なんでうちが、読売のねたになっとるんや？」

敵娼というのは、丁子屋《ちょうじや》の花里花魁《はなさとおいらん》のことだろう。よくもまぁ、居続けの金が続くもの。それだけ塚田屋の身代が、潤っているということである。

「さぁ、知りません。右近さんに聞いてください」

いつも痛いところを突いてくるこの男には、できるかぎり関わりたくない。そっぽを向いて知らぬふりを決め込んだつもりだが、それだけでなにを察したか、刈安は憎々しげに顔をしかめた。

「やっぱりあの妾腹の差し金かいな。おおかた深川鼠の見本のつもりなんやろう。ほんに知恵だけはよう回りよるわ」

驚いたことに、説明されずとも右近の意図を理解している。反目し合ってはいても、やはりひとつ屋根の下で育った兄弟なのである。

腹に据えかねたらしく、刈安は手にしていた読売もどきをくしゃくしゃに丸めてしまった。それを鞠《まり》のように、手のひらの上で弄《もてあそ》ぶ。

「どうでしょう。私は、流行り色を作れましたか?」

お彩の問いにはわざとらしく、「さぁな」と首を傾げてみせた。

「これによると深川鼠の産みの親は、もう一軒あるらしいやないか。あんさんだけの手柄やないかもしれへんで」

危惧していたとおりだ。深川鼠が売りだされた経緯をよく知っているくせに、空惚《そらとぼ》けている。こんな事態を避けるためにも、三竹屋のことはあらかじめとっちめておく必要があったのだ。

「そんなわけないでしょう。三竹屋さんは、嘘をついているんです」

「ほうかほうか。ほな三竹屋はんに、あんじょう聞いてみよやないか」

丸めた紙を部屋の隅に放り投げ、刈安はお彩の腕を取る。思わず振り払おうとしたら、力一杯引き寄せられた。

よろめいたお彩の耳元に、刈安が囁きかける。

「ちょうどええ具合に、店に来てはるみたいやからな」

「えっ?」

体勢を崩しながら、お彩は相手を振り仰ぐ。その目に映ったのは、刈安の歪《ゆが》んだ笑みだった。

塚田屋の座敷に胡座をかいて、醤油煎餅顔の男が出された茶を啜っていた。淹れたての煎茶に不満でもあるのか、口の中でぶつぶつとなにか呟いているようだ。そんな様子を手代も小僧も、なぜか遠巻きに眺めている。

刈安は、お彩を伴ってその客に近づいてゆく。常にない愛想のよさで、「三竹屋はん」と呼びかけた。

「すんまへんなぁ、すっかりお待たせしてしもて」

「ああ、兄さん。なんのなんの、ここまで連れてきてもらって感謝してるよ」

顔を上げた三竹屋は、刈安に礼を述べた。どうやらその正体を、知らされてはいないらしい。しかも「連れてきてもらった」とは、なんのことだ。

不安にかられ、お彩は店の中を見回した。だが肝心の京紫は、目の端にも映らない。いつもどおり裏口から入って着替えを済ませたものだから、右近とはまだ顔を合わせていなかった。もしかすると、寄り合いかなにかで留守かもしれない。そんな話は聞いていないが、急に呼ばれて出て行くことだってある。

戸惑いを隠せずにいるうちに、刈安に腕を引かれて三竹屋の向かいに座らされた。身繕いを整えているものだから、相手はお彩が誰か気づかない。たとえ化粧を落としたところで、きっと顔など覚えていないのだろう。

「それで、このお人がお彩はん。例の『某女』どすわ」

逃がさじとばかりに肩を抱き、刈安がお彩を紹介する。そのとたん、三竹屋の顔が七味唐辛子をまぶした煎餅のように赤らんだ。

「あんたか、深川鼠の名づけ親だなんて、とんでもない嘘をついてる女は！」

盗人猛々《ぬすっとたけだけ》しいとは、まさにこのこと。自分こそが嘘つきのくせに、お彩を糾弾すべく指を突きつけてきた。

「この兄さんに読売を見せられて、私がどれほど驚いたか分かるか。女の浅知恵で、商いに出しゃばってくるんじゃない！」

これにはお彩も驚いた。どうやら刈安は日本橋に帰る前に、霊巌寺前に寄ってきたらしい。そして三竹屋の店主にあることないこと吹き込んで、「某女」に文句を言ってやろうと連れ出したのだ。

刈安が連れてきた客ならば、奉公人が遠巻きにしていたのも頷ける。この主を、止められる者はここにいない。お内儀のお春《はる》も、お茶だかお花だかの稽古で留守だった。

気を呑まれるなと己に言いきかせ、お彩は眼差しを強くする。三竹屋を睨みつけていると、だんだんむかっ腹が立ってきた。

「言いがかりです。深川鼠は、私が考えた名です」

「そんなわけあるもんか。なんだって日本橋の呉服屋が、深川の名がついた色を売るんだ。深川に根を張るうちこそが、産みの親に決まっている！」

三竹屋が声を荒らげて、言葉でお彩の頭を押さえつけてくる。こちらが貧相な女だから、気が大きくなっているのだ。

「まったくねぇ、困るんだよ。後ろに大店がついてるからって、なにをしても許されると思ってんのかい。うちみたいな小さな店は、泣き寝入りするしかないと高をくっているんだろう」

「その大店の主こそが、この人なんですが」

そう言って、お彩はぴたりと体を寄せている刈安を指差す。そのとたん肩に回された手に、痛いほど力が込められた。

「またそんな、でまかせを言いよる。ほんにこの女は、息を吐くように嘘をつきますねや」

肩の痛みで声が出せずにいるうちに、刈安はお彩をただの嘘つきに仕立て上げる。だが屈してはいけない。ここで丸め込まれたら、深川鼠の手柄をなかったことにされてしまう。

お彩はそろそろと手を持ち上げて、刈安の手の甲に爪を立てる。刈安が「ギャッ！」と叫び、力が緩んだ隙に拘束から逃れて立ち上がった。

「嘘なものですか。私が着ているこの着物の色こそが、深川鼠。あなたの店で売っていたのは、錆浅葱じゃありませんか！」

色がよく見えるよう、両袖を広げて踏ん張る。三竹屋はしばらくぽかんとしていたが、すぐに気を取り直して詰め寄ってきた。

「それこそ言いがかりだ。アンタがいつ、うちの店に来たってんだ！」

「行きました。あなたが覚えていないだけです！」

決して引き下がってなるものか。気持ちが昂ぶって視界の端が滲んできたが、泣くまいと奥歯を嚙みしめる。とそこへ、調子外れに手を打ち鳴らす音が割り込んできた。

「はいはい、そこまで。えらい騒ぎどすなぁ。他のお客はんが帰ってしまわはるやないか」

奥との仕切りの暖簾を分けて、のっそりと出てきたのは右近である。その顔と京紫の小袖を見て、三竹屋が息を吞んだ。

「ア、アンタは——」

「ああ、三竹屋はん。すんまへんなぁ。どうも腹具合が悪うて、奥に引っ込んでましたんや」

「この店の者だったのか！」

「あれ、言うてまへんでしたっけ。ともあれ先日は、どうもおおきに。お蔭さんでええ買い物がでけましたわ」

右近はお得意の、狐面のごとき笑みを貼りつけている。こういうときは、たいていろくでもないことを考えているものだ。

「せや、刈安兄さんにも見せたげよ。正吉《しょうきち》、奥からあれを持ってきとくれやす」

刈安から蛇蝎《だかつ》を見るような目を向けられていることにも構わずに、右近は手代に用を言いつける。すぐさま正吉が、三竹屋で買った反物を手に戻ってきた。

「ほれ、これどすわ。ええ色ですやろ」

お彩たちの目の前に、巻紙つきの反物が差し出される。その色をひと目見たとたん、刈安の眼から嘘のように険が抜け落ちた。

「なんや、阿呆らし。ほんまに錆浅葱やないか」

腐っても塚田屋の主である。微妙な色みの違いでも、即座に見分けるだけの目はある。

「なにをおっしゃる。これぞ深川鼠ですよ」

「そんなわけあるかいな。すぐにでも辰巳芸者の蔦吉を呼んだろか」

事情を理解している蔦吉は、深川鼠の着物を着てくるだろう。見比べてみて色が違えば、三竹屋の主張は嘘ということになる。

このあたりで引き下がればよいものを、三竹屋はまだ粘った。

「でたらめだ。そもそもこれは本当に、うちで買った反物か！」

「嫌やわぁ。こうして三竹屋はんが一筆書いてくれた紙を、ちゃあんと巻いてますやないか。剝がして貼り直したような跡もおまへんやろ」

己の買い物にケチをつけられて、右近がこれ見よがしに悲しげな顔をする。巻紙の文字に目を走らせてから、刈安が嘲《あざけ》るように鼻を鳴らした。

「たしかに三竹屋の店先に出とった幟と、筆跡が同じやな」

「そんな、兄さん」

「やかましい、お前の目は節穴や。さっさと消えろ」

刈安は、才のない者に冷たい。「つまらん」と短く言い捨てて、自分のほうが先に立ち上がる。そのまま土間に足を下ろし、揃えてあった草履を履いてしまった。きっとまた、吉原にでも戻るつもりなのだろう。お彩は慌てて、その背中を引き留める。

「待ってください。私は、流行り色を作れましたか？」

先ほど奥の間でしたのと、同じ問いをぶつけてみた。刈安は一歩二歩と踏み出してから、とぼけた顔で振り返った。

「はて、なんのことやろ」

「流行り色を作れと、私に言ったじゃないですか」

「知らんなぁ。あんさん、夢でも見とったんやないか？」

それ以上は取り合わず、刈安は暖簾をくぐって外へ出てゆく。

けっきょく賭けは、有耶無耶《うやむや》にされてしまった。こんな結末があってよいものかと、お彩は右近に視線を戻す。

やれやれと、右近は首を振ってみせた。

「あれは、負けを認めるのが嫌いなお人やよって」

ならば刈安は、内心では負けたと思っているのだ。だったら右近は江戸を去らなくてもよいし、お彩は色見立てを続けられる。

ほっとしたら、足腰の力が抜けた。さっきまで気を張り詰めていたぶん踏ん張りがきかなくて、お彩はその場にへたり込む。

「おやおや、大丈夫どすか」

右近がにじり寄ってきて、肩を支える。今さらながら、体が震えていた。

まったく、心臓に悪いったらない。右近が錆浅葱の反物を買ったのは、三竹屋が言いがかりをつけてきた場合に備えてのことだったのだ。ちゃんと手を打ってあったから、「そのうち片がつく」と言っていたのだろう。

「だからこういうことは、先に耳打ちしといてくださいってば」

息切れすら覚えつつも、文句はしっかりつけておく。ところが右近ときたら、お彩の必死の形相を見て場違いな笑い声を上げた。

「あ、ほれ。三竹屋はんがお帰りや」

いつの間にやら三竹屋は、そろりそろりと遠ざかり、今まさに土間に足をつこうとしていた。

右近に見咎められては、もはや気配を殺していても意味がない。草履を素早く突っかけると、逃げるように立ち去ってゆく。

振り返ろうともしないその背中に、右近はどこか楽しげに声をかけた。

「ほな帰ったら、あの幟はすぐ竈《かまど》にくべとくれやす」

粋な色　野暮な色

一

色見立ての依頼が、朝から三件入っていた。

昼餉《ひるげ》を挟みつつすべてを終え、客を見送りに出る。店先で深く礼をして、顔を上げてみると、四月の空が浅葱《あさぎ》色に澄んで目に眩しいほどだった。

塚田屋《つかだや》の店先でなければ、うんと伸びをしているところだ。客の好みと顔映りを探りながら納得のゆく色を見つける作業は、案外疲れる。なにより難しいのは、客自身に見立てを気に入ってもらうことである。

深川鼠《ふかがわねずみ》の正しい色味を知らしめるため、ふた月前に読売を大量に摺った。それにより塚田屋にいる「色見立て役の某女」の存在が江戸中に広まり、しかも深川霊巌寺《れいがんじ》前の三《み》竹屋《たけや》が「深川鼠はじまりの地」の幟《のぼり》を引っ込めたものだから、図らずも深川鼠の名づけ親として名声まで高まってしまった。

今や日本橋、神田界隈のみならず、品川や四谷あたりからも客が来る。中には「某女」の目のたしかさを試してやろうという者までいて、意地の悪いことを聞かれたりもする。

さっきもそうだ。「季節柄、若紫《わかむらさき》の襲《かさね》のような色合いがいいと思うんだが」と言われ、お彩《あや》は首を傾げてしまった。右近《うこん》がすかさず横から「山吹の襲どすな」と助け船を出してくれたお蔭で事なきを得たものの、一人ではまごつくばかりでなにも答えられなかったに違いない。

山吹色なら山吹と、そう言えばいいものを。

四谷から来たという、身なりのいい壮年の男だった。ああいう輩はいったい、なにがしたいのだろう。そんなにも、人が困っているところを見たいのか。

「まぁ、気にせんでもよろしおす。ただの『源氏物語』どすわ」

右近曰く、『源氏物語』の若紫の帖に出てくるのが山吹の襲らしい。のちに光源氏の妻となる紫の上が、その装束で登場するそうだ。

平安期の殿上人《てんじょうびと》の話とはいえ、『源氏物語』は江戸の庶民にも人気である。といってもあまりに長い物語なので、『源氏小鏡《こかがみ》』や『源氏物語忍草《しのぶぐさ》』といった梗概本が広く読まれており、近年は柳亭種彦《りゅうていたねひこ》による翻案、『修紫田舎源氏《にせむらさきいなか》』が大当たりしている。

いずれもお彩は、読んでいない。父辰五郎《たつごろう》のかつての仕事場に襲の色目の見本があったから、その組み合わせをいくつか覚えているのみだ。薄い生絹《すずし》に染められた色が折り重なる様は、さぞかし美しかったことだろう。

「お春《はる》はんが全巻持っとったはずやから、気になるなら借りて読んでみはったらええ。なかなか面白おすえ」

「はぁ」

読むといっても、全五十四帖。とても読み通せるとは思えず、お彩は気のない返事をする。

「読んでおいたほうがいいですよ。あれほど色彩豊かな物語は他にありません」

右近と共に店内に引き返すと、帳場格子の向こうにいる番頭がふいに顔を上げてそう言った。帳面をつけるふりをして、会話を聞いていたようだ。

「お彩さんはただでさえ、知識が足りていないんですから。旦那様が次にどんな無理難題をふっかけてくるかと思うと、私はもう恐ろしくて恐ろしくて」

鷲鼻を震わせて、そう訴えかけてくる。

深川鼠が流行《はや》りはじめてくれたお蔭で、右近もお彩もどうにか首が繋がった。なにより店を切り盛りしている右近が排斥されては、塚田屋は立ちゆかない。番頭としては、気が気でなかったことだろう。

それゆえに、流行り色を作るためにと身を粉にして働いていた。京の本店に問い合わせ、湊鼠《みなとねずみ》の反物をありったけ集めてくれたのもこの人だ。

元々は、素人同然のお彩を辞めさせたかったはず。それなのに初売りからずっと、数字を睨んで共に一喜一憂してきたせいで、間にあったわだかまりがずいぶん解けたように思える。少なくとも、進んでお彩を追い出す気はなくなったようだ。

「大丈夫です。お彩はんなら次もまた、素晴らしい見立てをしてくれます！」

胸に反物を抱えて歩いていた正吉《しょうきち》が、ふいに立ち止まって話に割り込んできた。手代の身分でそんなことをしては叱責ものだが、気が高ぶっているようだ。京言葉交じりで、きらきらとした目をこちらに向けてくる。

流行り色を作りだしたことで、お彩に不審を抱いていた奉公人たちの信望も戻ってきた。むしろ以前より、暑苦しいくらいである。その才を盗めとばかりに、暇さえあればお彩が持ってきた錦絵の束を熱心に見ているようだった。

雨降って地固まる、じゃないけれど。

刈安《かりやす》が店中を掻き回した結果、お彩は塚田屋にいやすくなった。まさかそれを狙ったわけではあるまいが、奉公人が一丸となって励んだために、風通しもよくなっている。

その一方で刈安は、前にもまして店に寄りつかなくなった。たまには帰っているのかもしれないが、お彩は二月の三竹屋騒動以来、一度も顔を見ていない。

そんなにも、負けを認めるのが嫌なのか。「気まずうて、お彩はんから逃げ回ってるんやわ」と、お春は朗らかに笑っていた。往生際の悪い男である。

だがいつまたけろりとした顔で、言いがかりをつけてくるか分からない。流行り色を作れたのは大勢の尽力のお蔭と、半分は運だ。それが分かっているからこそ、正吉のように次も大丈夫と胸を張ることはできなかった。

不安を拭い去りたければ、ひたすら学び、実力をつけてゆくしかない。読み通せるかどうか分からなくとも、『源氏物語』が色見立ての役に立つのなら、一度読んでみなければ。

「お春さん、今日はお茶のお稽古でしたっけ。次に会ったときにでも、借りられるよう頼んでみます」

「そうどすか。お春はんが持っとるのは、全部で六十冊ほどある『絵入源氏物語』やったと思いますえ」

「六十冊――」

なんという道のりの長さだろう。冊数を聞いただけで、早くも挫折しそうである。

正吉が笑いながら、反物を奥へと運んでゆく。その代わりにさっきまで表に水を打っていた小僧が、おずおずと近づいてきた。

「あのう」

こちらはまだ奉公に上がってから月日が浅く、番頭に睨まれるのが怖いようだ。声をかけてきたくせに、明らかに腰が引けている。

「なにをもじもじしている。背筋をぴんと伸ばして立ちなさい！」

「は、はい。すみません！」

まだ十になるかならないかの子供だ。番頭に叱られて姿勢を正してから、助けを求めるようにお彩を見上げてきた。

「あの、お彩さんにお客様です」

「私に？」

今日の色見立ては、すでに終わったはずだった。訝《いぶか》りながらも背後を振り返る小僧の視線を追い、店の入口へと目を向ける。

大暖簾に半ば身を隠し、気まずそうに顔を覗かせている男が一人。お彩は思わず、その名を呟《つぶや》いていた。

「――平太《へいた》さん」

塚田屋の奥の間でお彩は一人、三枚続きの錦絵を広げる。

題字は『仮名手本忠臣蔵《かなでほんちゆうしんぐら》　大序《だいじよ》』とあり、言わずと知れた人気芝居の一幕を描いたものである。赤穂《あこう》騒動に材を取りながら、時代は室町の世に移してある。

大序はまさにその序幕。足利家の重役高師直《こうのもろなお》が塩冶判官《えんやはんがん》の妻顔世御前《かおよごぜん》に横恋慕し、強引に口説くのを、来合わせた桃井若狭之助《もものいわかさのすけ》が逃がしてやる場面である。

ゆえに三枚続きの絵の一枚目で平身低頭しているのが顔世御前、二枚目に居並ぶのが若狭之助と、高師直か。面白いもので若狭之助の衣装は浅葱色、悪役である高師直は黒と相場が決まっているそうだ。

背景は鎌倉の鶴岡八幡宮《つるがおかはちまんぐう》。その石畳の色を、平太が任されて摺ったという。

「でもこれは、しくじっちまって。ほら、三枚目の石畳の色がちょっぴり違うだろう」

店先で錦絵を差し出してきた平太は、そう言ってしょんぼりと肩を落としたものである。

たしかに他の二枚は石畳が青みの鮮やかな千草色に摺られているが、三枚目はそれより明るい空色である。ちょうど混ぜ合わせておいた絵具が切れて、作り直したせいで色味が変わってしまったのだろう。こういうものは絵皿の上ではあまり違いが分からず、摺ってみてはじめて気づくのだ。

平太は今の親方である摺久《すりきゅう》に散々っぱら叱られて、この三枚を買い取ることにしたらしい。己の失敗作に金を出し、戒めとするために。

辰五郎の元にいたころには、平太は一色摺りの引札しか任されていなかった。それが今や石畳のみとはいえ、錦絵を摺れるようになったとは。しかも絵師の落款は、国貞《くにさだ》画となっている。

歌川《うたがわ》国貞といえば、江戸に知らぬ者はないほどの人気絵師。それに芝居の人気演目を描かせているのだから、この三枚続きは売れ筋狙いだ。ならば摺久も、めったな者には任すまい。

「すごいじゃない。着実に力をつけているのね！」

だからこそ、手放しに褒めてやった。平太はしばらく見ないうちにすっかり大人になってしまったが、照れたように笑うと、昔のお調子者の面影がわずかに覗けた。

四年前の火事で焼け出されたあと、散り散りになってゆく弟子の中で、最後まで傍にいてくれたのがこの平太だ。目に傷を負った辰五郎に八つ当たりをされても、泣きながら寺のお堂で共に寝起きしていた。

やがて摺久の弟子に鞍替えした卯吉《うきち》がやってきて、平太を連れてゆくまで、足りない男手を補ってくれたのだ。

今思えば弟子たちは、摺久の元へ行くよう辰五郎に言い含められていたのだろう。光を失った親方に情けをかけたところで、未来はない。最後まで残った平太に辛く当たったのも、一刻も早く追い出すためだったに違いない。

摺久の元へは、けっきょく卯吉と平太だけが行った。五人いた弟子のうち、一人は国許へと帰り、一人は商売替えをして、一人は決まった親方を持たない渡りの摺師になった。

「他の兄《あに》ぃたちから、音沙汰は？」

平太がそう尋ねてくるくらいだから、便りは同じくないらしい。お彩が首を横に振ると、平太は「そっか」と項垂《うなだ》れてしまった。

「ごめんよ、お彩さん。今まで顔も見せにこねぇで」

「いいのよ、分かってる。お父つぁんにそう言われていたんでしょう」

許嫁《いいなずけ》だった卯吉にだけは、辰五郎の言葉を真に受けずに傍にいてほしかったという恨みがある。だがお彩よりも若い平太には、そこまでの負担を求めようとは思わなかった。彼の摺師としての成長が、しみじみと嬉しかった。


「お彩はん、よろしおすか」

絵を眺めているうちに、時を忘れていた。障子の向こうから声がかかり、お彩はハッと面を上げる。

すでに普段着に着替えており、化粧も落とした。衿元を軽く引き締めてから、返事をする。

「はい、どうぞ」

「ああ、よかった。なかなか出てきはらへんから、中で倒れてるんかと思いましたわ」

そんなにも長く、物思いに耽っていたのだろうか。部屋に入ってきた右近はお彩を見て、ほっとしたように頬を緩めた。

「すみません。すぐ帰ります」

腕を伸ばし、蒔絵の施された硯箱《すずり》を引き寄せる。お彩が持ってきた錦絵は、すべてそこに収められている。

「べつに急がんでよろし。ほほう、これが平太はんが摺らはった錦絵どすか」

右近が身を屈め、手元を覗き込んでくる。

この失敗作の錦絵を、平太はお彩に託していった。彼の成長と、拙さが見え隠れする摺りだ。本当は、かつての師にこれを見せたかったのかもしれない。だが辰五郎にはもう、色はおろか物の形すら判別できない。

「ベロ藍の濃淡が綺麗どすなぁ。ほんに錦絵にかぎっては、上方は江戸に遠く及びまへんわ」

京と江戸をなにかと比べたがる右近でも、これればかりは身内贔屓《びいき》ができぬらしい。平太がこの絵の摺りをすべて任されたわけではないが、お彩はあえて否定しなかった。

「藍摺絵は渓斎英泉《けいさいえいせん》だけでなく、国貞も手掛けていますからね」

花里花魁《はなさとおいらん》の仕掛《しかけ》の見立てをしたときに、頭に思い浮かべた藍一色の藍摺絵。歌川国貞もまた、いち早くベロ藍を取り入れた絵師の一人である。この絵も石畳のみならず、石段にお堂の屋根、遠くに見える海と空、それになんと立木の木目まで、藍の濃淡で表されていた。

「せや、藍といえば、行ってみたいところがあったんどすわ。お彩はん、もしお暇があれば、今からつき合うてくれまへんか」

「はぁ、少しくらいなら構いませんが」

「近場やのに、なかなか行く機会がおまへんでなぁ」

「だから、どこなんですか」

迂遠な会話に苛立ちながら、お彩は硯箱に錦絵を仕舞う。東女《あずまおんな》と京男では、そもそも話の運び具合が違うのだ。

短気な江戸っ子ならば、まずはじめに目的地を言うはずである。しかし右近は、問われてやっとこう答えた。

「へぇ、紺屋町《こんやちょう》どすわ」

二

紺屋町は、本石町《ほんごくちょう》二丁目の塚田屋からほど近い場所にある。

神田堀を越えて、三筋目を右に曲がるだけ。そのとたん目の前の風景が、鮮やかな藍に彩られた。

「うわぁ」と、思わず声が洩れる。

家々の屋根より高く設けられた干場で、藍染の木綿の反物が揺れている。それらはまるで吹き流しのように長く垂れ下がり、見る者の目を楽しませてくれる。

絞りに型染め、市松模様に高麗屋縞《こうらいやじま》。ちょっと歩くだけでも、様々な柄行《がらゆき》が溢れ返っている。ここに来れば江戸の流行りが分かると言われるほどの藍染の町、ゆえにその名も紺屋町。住まう者のほとんどが、藍染職人だと言っても過言ではない。

「これはこれは、壮観どすなぁ」

元より細い目をさらに細め、右近は周りを見回している。

晴れ渡った空もまた青く、まるでベロ藍で摺られた錦絵を見ているかのようだ。通りをゆく職人の着物も当然のごとく藍染で、その腕は肘の近くまで藍に染まっている。

「やっぱり藍染の職人さんは、見ればすぐに分かりますな」

紺屋の職人は、深い藍瓶《あいがめ》に手を入れて布を染める。そのために布だけでなく、腕まで染まってしまうのだ。

「来るのははじめてなんですか？」

「へぇ、うちでは浴衣も手拭いも扱いまへんからな」

江戸に流通する藍染の浴衣や手拭いは、大半がこの町で染められている。それらを売るのは太物《ふともの》屋で、呉服屋である塚田屋とは縁がない。染物で有名な町なのに、行く機会がないと右近が言っていたのも頷《うなず》けた。

ならばなぜ、急に紺屋町に行ってみる気になったのだろう。またなにか、よからぬことを企んでいるんじゃなかろうか。そう思うと、心中穏やかでいられない。

「ほな、さっそく見せてもらいまひょか」

「へっ？」

ほら、案の定だ。右近は言うが早いか、建ち並ぶ紺屋のうちの一軒に、さっさと入って行ってしまった。

いったいなにを見ようというのか。開け放してある入口から中を覗いてみると、入ってすぐの土間に藍瓶が二つ埋められており、三十がらみの職人が一人、その前に屈み込んでいる。

どうやら奥側の瓶で、反物を染めているようだ。突然入ってきた右近に驚き、「なんだてめぇは」と顔を上げた。

「へぇ、ちょっとばかり、藍染の様子を見せてもらおと思いまして」

右近の佇《たたず》まいと京訛《なま》りに訝しさを覚えたか、職人はきつく眉根を寄せる。両手が塞がっているため、顎先を突き出して戸口を示した。

「生憎《あいにく》、上方の若旦那に見せるもんはねぇよ。帰んな」

「いや、わてやのうて。お彩はん、なにをしてますねや。早う入りなはれ」

べつに中を見たいとも言っていないのに、手招きをして急かされた。とっさに他人のふりをしようかと思ったが、その前に職人と目が合ってしまう。

日々黙々と藍瓶に向かい合っているだけあって、気難しそうな面立ちだ。着古した木綿を身に着けた女と、身なりのいい男の組み合わせに、職人はよりいっそう眉間の皺を深くした。

「こりゃあ見せモンじゃねぇんだ。客じゃねぇんなら帰んな」

「ほな、客になりますわ。ちょうど手拭いでも拵《こしら》えよと思てましたんや」

いったいなにを考えているのだろう。追い払われようとしているのに、右近はまったく意に介さず、にこにこと笑っている。

職人が、嘲《あざけ》るように鼻を鳴らした。

「それなら小売りの店で買ってくれ。うちは少量の注文は受けつけちゃいねぇんだよ」

「そうどすか。配り物として、ひとまず二百枚ほどほしかったんやけども」

反物の長さは、だいたい三丈(約十二メートル)。一反から、手拭いは十二枚ほど取れる。つまり右近の注文を聞き入れるなら、反物は十七反必要となる。

枚数を聞いたとたん、職人の顔の向きが変わった。戸口から、白い木綿の布が積まれた座敷へと。その上り口に向けて、顎をしゃくる。

「邪魔にならねぇよう、そこに座って見てな」

どうやら右近は、太い客と認められたようである。

もしかすると右近が紺屋町に赴いたのは、お彩に藍染めの様子を見せるためなのかもしれない。

このところ流行り色を作るのに忙しく、染織について学ぶ暇がなかった。番頭に「知識が足りていない」と言われたとおり、少しばかり名声は高まっても、中身がまったくついてきていない。慌ただしさが一段落ついたこの機会に、知恵をつけてやろうと連れてこられたのではなかろうか。

そう思うくらい、右近は職人から熱心に藍染めの話を聞きだしている。

「へぇ、今の季節はもう、瓶覗《かめのぞき》は染められまへんのか」

「ああ、暖かくなってくると藍の発酵が進んじまうからな。ああいう淡い色は、冬じゃないと染められねぇんだ」

藍の色は本来、水に溶けない性質だという。そこで原料となる蓼藍《たであい》の葉を乾かしてから発酵させた蒅《すくも》を作り、紺屋がそれを瓶の中で木灰汁《あく》と混ぜ合わせる。さらに頃合いを見て粥状に煮た麩《ふすま》や酒を加え、十日ほど発酵させて、ようやく藍汁《あいしる》ができあがるそうだ。その作業を、「藍を建てる」という。

「ほら、そっちの瓶を見てみろよ。表面に泡が浮いて、盛り上がってるだろ。藍汁は生き物なんだ。一日一回は混ぜてやらないと駄目になっちまうし、暑すぎても腐っちまう。なかなか難しいんだよ」

布を藍瓶にさっとくぐらせただけの淡い色が、瓶覗。しかし気温が上がってくると発酵も進みやすくなり、藍汁に色が濃く出てしまうという。

なかなかに興味深い話である。瓶覗が冬の色だなんて、お彩はちっとも知らなかった。

「よし、そろそろだな」

職人が立ち上がり、瓶の中に浸けていた布を引き上げる。

その色は、少しも藍染めらしくはなかった。どちらかといえば、梅幸茶《ばいこうちゃ》のような黄緑がかった茶色である。

だがそれも、ほんの一瞬のこと。空気に触れた端から、さぁっと色が変わってゆく。

「わわわわわっ！」と、驚きのあまり声を発していた。

お彩の素直な反応に、職人は気をよくしたらしい。布から滴る藍汁が自然に切れるのを待ちながら、得々と語りはじめた。

「面白えだろ。藍染めは蓼藍だけで染めるんじゃねぇ。大気と光に触れてはじめてこの色になる。まだ少し緑がかっちゃいるが、流水で洗えば藍がもっと強く出るんだ」

染めては洗い、洗っては染め。この作業を、目当ての色に染まるまで何度も繰り返す。その回数によって、浅葱に納戸《なんど》、縹《はなだ》、紺藍《こんあい》など、様々な色を生み出せるのだ。これ以上染めようがないという意味の留紺《とめこん》に至っては、四十回近く染めるという。

「藍汁が疲れてるから、今日はここまでだな。洗って干して、続きは明日だ」

「疲れるなんてことが、あるんですか」

「そりゃあるさ、生きてんだから。無理をさせると臍《へそ》を曲げちまって、いい色が出ねぇ。

また酒でもやって、機嫌を取っておかねぇとな」

まるで人を相手にしているかのような物言いである。職人は瓶の表面に立つ泡や、粘り具合などから藍汁の疲弊を測るそうだ。

「だいたい、何度くらい染めると疲れるんですか」

「日にもよるが、今日は三度だな」

思ったよりも、こなせる回数が少ない。右近が上り口に腰かけたまま、心持ち身を乗り出した。

「そっちの、もう一つの瓶は使えまへんの？」

「ありゃまだ、藍建ての途中だ。あと三日は置いとかなきゃなんねぇよ」

藍の濃淡は染めの回数によるものだということくらいは知っていたが、これは想像以上に手間暇がかかる。だとしたら藍一色の花魁の仕掛なんて、本当に大変だったのではなかろうか。

あの仕掛は吉原の粋筋の間でも、評判がよかったと聞いている。あらためて職人たちの苦労を思い、お彩は気が遠くなりかけた。

紺屋町の北には、幅一間ほどの小川が流れている。

川の流れは、水浅葱色。このあたりの紺屋が布を晒すため、藍の色が溶け出て染まっているそうだ。

先ほどの職人も川の水に足を浸し、染めた布を洗っている。流水に晒されて、布は鮮やかな縹色になっていた。

「ほな手拭いのことは、また改めて相談に寄らせてもらいますわ」

布を固く絞り、作業場に引き返そうとする職人に右近が声をかける。相手は「分かった」と言う代わりに、藍色に染まった手を上げて応じた。

「いいんですか、二百枚も」

「そろそろ塚田屋印の手拭いを、作ろうと思てましたんや。どんな柄行がええやろか。お彩はんも考えてみとくれやす」

「色はともかく、柄は無理です」

お彩にはせいぜい、丸に塚の字をあしらった模様くらいしか浮かばない。そちらの才はないようだと、早々に諦めた。

「ほな、帰りまひょか」と促され、小川に沿って歩きだす。

けっきょくこの町には、なにをしに来たのだろう。尋ねても、手拭いの注文のためとはぐらかされそうだった。

「それにしても藍染とゆうのは、ほんに手間がかかりますなぁ」

右近は呉服屋の三男坊。染織には詳しいはずなのに、飄々《ひょうひょう》とそんなことを言う。

先ほどの染色の手順を思い浮かべながら、お彩は「そうですね」と頷いた。

「藍の扱いが、あんなに難しいなんて。よくもまぁ軽々しく、藍一色の仕掛などという案を出せたものだと思いました」

「おや、そらあきまへんな。閃《ひらめ》きが狭まるようじゃ、なんのために知恵をつけたか分からしまへん。好きなようにやっとくれやす」

これはもしや、語るに落ちたというやつか。やはり右近は紫屋を訪ねたときのように、お彩に藍染めを見せてやろうと思ったのだろう。

それならそうと、素直に言えばいいものを。ひねくれ具合では、兄の刈安と大差ない。このぶんならきっと、京の本店にいるという長兄もひねくれているに違いない。

「それに腕のいい職人は、無理難題を突きつけられたらよけいに燃えますからな。難しいことを、軽々しく言うてやったらええんどす」

「なんだか、職人さんたちが可哀想になってきました」

しかし突きつけられた無理難題に発奮してしまう気持ちは、お彩にも分かってしまった。刈安に流行り色を作れと言われて、そりゃあもう大変な日々を過ごしたけれど、思い返してみれば楽しかったような気もするのだ。

そのお蔭で、新たに出会えた人もいる。流行りとはなにかと、あらためて考えられたのも面白かった。

ただし己の進退まで賭けて、あんなに胃の痛い思いをするのは、もう二度とごめんだけれど。

陽気のよさも手伝ってか、小川の中には他にも尻《しり》っ端《ぱし》折《よ》りになって布を洗う職人たちの姿が見える。花浅葱に熨斗目《のしめ》に褐色《かちいろ》、濃きも淡きもみな美しく、鮮やかな水面に心が浮き立つ。藍はまさに、染物の王である。

「あっ！」

川面に目を奪われていると、ふいに近くで声が上がった。そちらに顔を向けてみれば、年若い青年が小川に架かる橋のたもとに佇んでいる。

藍染めの木綿を着ているが、腕が染まっていないところを見ると職人ではない。手に風呂敷包みを提げているから、なにかの使いなのだろうか。お彩と目が合うと、ぺこりと頭を下げてきた。

誰だろうと思いつつ、お彩もつられて頭を下げる。青年は、そのまま橋を越えて行ってしまった。

「お知り合いどすか？」

右近に問われ、首を傾げる。遠ざかってゆく後ろ姿は男にしては小柄で、線が細い。なんとなく、見覚えがあるような気はするのだが――。

「なんやろ。お彩はんにひと目惚れしやはったんかな」

「まさか。どう見てもまだ二十歳になっていないでしょう」

青年は丸顔で、頬など少女のように赤かった。一方こちらは二十半ばの行き遅れ。惚れられる道理がない。

「分かりまへんえ。ここは藍染川で、この橋は藍染橋。逢い初《そ》むるとも書けますやろ」

なんのことはない、右近が口にしたのはくだらない冗談だ。相手にするだけ無駄と思い、お彩は先に立って歩きだす。

「待っとくれやす」と引き留められて、さらに歩を速めた。

カラリコロリと、下駄が鳴る。その音で、記憶の糸がはたと繋がった。

慌てて振り返るも、青年の姿はすでにない。代わりに右近が驚いて、目を見開いている。

「どないしましたんや？」

「いえ、ちょっと思い出しまして」

右近が言うような、ひと目惚れなんぞであるはずがない。さっきの青年は、日蔭町《ひかげちょう》の下駄屋の倅に違いなかった。

三

「ああ、文次郎《ぶんじろう》さんね」

鬢付け油の甘い香りに満たされた店の間で、お伊勢《いせ》が熱い番茶を啜《すす》る。

油店である香乃屋《かのや》には今日も若い娘が客として入れ替わり立ち替わりやって来て、華やかな気配を振りまいている。

楽しげな笑い声は、その応対をしているおかみさんのもの。品物が並べられた土間に下り、今ならおまけに綺麗な紙人形がつくよと勧めている。

人が好きで、面倒見もいい。おかみさんは、つくづく商売向きの性質である。

お彩は土間から座敷に視線を転じ、正面に座るお伊勢をあらためて見た。

塚田屋の初売りで買った深川鼠の子持ち縞に、赤地の博多帯を締めている。色見立てでお彩が勧めた組み合わせは、やはり若々しいお伊勢によく似合っていた。

よっぽど気に入ったのか、近ごろはこの着物ばかり着ている。仲のいい友達からも「いいなぁ、深川鼠」と羨ましがられ、たいそう気分がいいそうだ。

お彩だって、気分がいい。苦心して生み出した深川鼠が、若い娘たちの憧れになりつつある。

なにせ古着屋ではすでに品薄らしく、見つけたらすぐに買うべしと囁かれているそうだ。呉服屋の真新しい反物にはとても手が出ないから、娘たちも流行りを追うのに必死である。

だけど、こっちはちっとも流行らなかったな。

と思いつつ、島田に結われたお伊勢の頭に視線を移す。そこにあしらわれている髪飾りは、黄蘗《きはだ》色の組紐を梅花結びにしたものだ。

組紐を使ったお太鼓結びを広めたくて考えたおまけなのに、町中ではその帯結びをついぞ見ない。深川鼠の反物につけて渡したあれらの紐は、それぞれに別の使われかたをしているのだろう。

きっと流行ると思ったのに。時流に乗れなかったのか、それともお彩の目が不確かなのか。

などと、密かに嘆いている場合ではない。今は紺屋町で昨日会った、下駄屋の倅の話をしている。

「へぇ、文次郎さんというのね」

「いうのね、じゃないのよ彩さん。この町に住んで、もう何年になるの」

お伊勢がやれやれと肩をすくめ、お八つのあられを口に放り込む。

呆れられてもしょうがない。香乃屋のおかみさんの厚意でここの裏店《うらだな》に移ってから、だいぶ経つ。ためしに指折り数えてみた。

「秋がくれば、丸四年かな」

「ほらね。それなのに町内のことをろくに知りもしないんだから、嫌んなっちゃう」

そう言われると、返す言葉もない。ここに移ってからのお彩はめしいた辰五郎を養い食ってゆくのに精一杯で、周りのことなどなにも見えていなかった。

そのせいで、取りこぼしてきた親切もずいぶんあるだろう。香乃屋の母娘がなにかと気にかけてくれることすら、重荷に感じていたくらいだった。

「だけどほら、下駄屋さんはちょっと南寄りにあるし」

日蔭町通りは芝口《しばぐち》一丁目から、宇田川《うだがわ》近辺までを貫く長い通りだ。陰気な名前ながら一本隣は東海道で、増上寺や芝神明《しんめい》にもほど近い。通りの片側は武家屋敷の塀に閉ざされているものの、もう片側には土産物屋に餅菓子屋、刀剣道具屋に質屋と、様々な商いの表店《おもてだな》がひしめいていた。

そのうち香乃屋は通りの北寄り、件《くだん》の下駄屋は南寄りに位置している。買い物に寄ったこともなく、文次郎の顔も「どこかで見たことがあるな」という程度にしか覚えていなかった。

「だけど文次郎さんのほうは、彩さんのことをちゃんと覚えていたわけでしょう？」

お伊勢の言うとおり、そうでなければ出かけた先の紺屋町で挨拶を寄越してくるはずがない。むしろ裏店に住むお彩のことまで、よくぞ覚えていたものだ。

「文次郎さんは、下駄屋の次男坊。あたしより二つ下の十七歳よ」

「えっ、お伊勢ちゃんってもう十九？」

「そうよ。なんで知らないの」

「だってついこの間まで、十七くらいだった気がして」

信じられないことではあるが、はじめて塚田屋で色見立てをした日から数えても、すでに十月《とつき》が経っている。振り返ってみるとここ一、二年ほどの時の流れが、以前とは比べものにならぬほど早くなっていた。

「ああ、分かるよ。忙しくしてると、あっという間に月日が経っちまうんだよね」

相手をしていた客からいったん離れ、おかみさんが上がり口に腰かける。こちらの会話をちゃんと聞いていたようで、折よいところで加わってきた。

「お彩ちゃんはこのところ、忙《せわ》しなかったからね。うちでこうしてゆっくりお茶を飲むのも、久し振りじゃないか」

ああそうかと、腹に落ちるものがある。時の流れが早くなった元凶は、右近だ。あの男に出会ってからというもの、とにかく日々が慌ただしい。特にここ半年は流行り色のため、色見立ての依頼がなくとも塚田屋に赴いていた。

「だからね、お彩ちゃんにはアンタの歳なんざ気にしてる余裕がないのさ。悔しけりゃ、さっさと婿でも迎えな」

「おっ母さんたら、またそんな嫌味を言って」

「言いたくもなるさ。もう何年選り好みしてんだい」

「してないわよ、そんなもの」

香乃屋の母娘の応酬から取り残されて、お彩はぽかんと口を開ける。

二十歳を過ぎれば行き遅れと、後ろ指を差される世の中だ。お伊勢の場合は共に香乃屋を盛り立ててくれる婿がねを探しているはずで、おかみさんもそろそろ焦っているのだろう。

出会ったときから妹のように懐いてくれたお伊勢も、いつの間にやらそんな歳。言い寄ってくる男は昔から多いのに、なぜかまだ決めかねている。それを本人は、選り好みをしているわけではないと言う。

「あら、そう。だったらさっき話に出てた、文次郎さんなんかいいんじゃないかい。歳は下だけど、誠実な子だよ」

人を見る目のあるおかみさんがそう評すなら、間違いはない。同じ町内に住んでいるというだけのお彩に、別の町で会っても挨拶をしてくれるような人だ。

しかし文次郎を否《いな》む声は、お伊勢からではなく、客の娘たちから上がった。

「ええっ、文ちゃん？」

「たしかに、いい人だとは思うけど」

含みのある眼差しが、娘たちの間で交わされる。彼女らも、同じ町内の子だったようだ。

「なにがいけないんだい？」

おかみさんに促され、娘たちは頷き合ってからこう答えた。

「だってほら、浅葱色だもの」


粋とされる色があるのなら、野暮と言われる色もある。

江戸ではそれが、浅葱色だ。

藍染めの中でも明るく澄んだ色合いで、一見野暮とは程遠い。芝居の『仮名手本忠臣蔵』でも、爽やかな役どころの桃井若狭之助の衣装は浅葱色と、相場が決まっているくらいである。

実際に江戸でも宝暦の昔ごろまでは、たびたび流行したらしい。だがその流行り色を、江戸勤番の田舎侍たちが着物の裏に使うようになったのが悪かった。

彼らの振る舞いは粗野で武骨で、遊里では特に嫌われた。坊主憎けりゃなんとやら、そのせいで色鮮やかな裏地の色まで憎まれて、「浅葱裏」が野暮を表す言葉になってしまった。

やがて「浅葱裏」が「浅葱」と略されて、色そのものが野暮であるかのような扱いを受けている。塚田屋でも浅葱色の反物は、あまり売れていないという。

話題の渦中にいる文次郎が着ていた藍染の木綿が、まさにその浅葱色。控えめな容貌とも相俟《あいま》って、年ごろの娘たちからは野暮と思われているらしい。

色に上も下もないと思っているお彩にとっては、歯がゆいかぎり。よく知らぬ相手ながら、文次郎の肩を持ってやりたくなる。

「あれはもっと、濃い色だったんだと思いますよ。何度も洗っているうちに、色が褪《さ》めてきただけで――」

「ええ〜。それはもっと嫌だ」

「うん、だったらはじめから浅葱色だったほうがまし」

どうやら庇《かば》いきれなかったようだ。娘たちは、滑らかな頬を引きつらせている。

「そうね。文次郎さんは、身なりに頓着しなさすぎね」

お伊勢までそう言って、あははと笑う。

歳の近い娘たちにこうまで言われては、文次郎も立つ瀬がないだろう。いらぬ発言をしてしまったことが、悔やまれる。

「だったらアンタたちは、どういう人がいいんだい」

おかみさんに水を向けられて、さっきまで言いたい放題だった客の娘たちが、急にもじもじしはじめた。

「どうって言われてもぉ」

「それはねぇ、やっぱり」

さんざん恥ずかしがってから顔を見合わせ、どちらからともなく答える。

「弥助《やすけ》さんとか」

いったいそれは、どこの誰だ。

疑問が顔に出ていたのだろう。お伊勢がお彩に向けて言い添える。

「古着屋の次男よ。彩さんは知らないでしょうけど、この間奉公先から戻ってきたの」

詳しく聞いてみれば、お彩が繕い物の仕事をもらっていた町内の古着屋だ。亭主はすでに亡く、おかみさんと息子で店を切り盛りしているが、次男もいたとは知らなかった。歳は二十歳。十一のころ人形町の太物屋へ奉公に上がり、先日生まれ育ったこの町に戻ってきて、家の仕事を手伝っている。元より目鼻立ちの整った子供だったが、成長してさらに大人の色気が加わり、近隣の婦女子を騒がせているという。

「背もすらりと高くなっちゃってね。あんなに流し目が様になる男の人はそうそういないわ」

「着ているものも洒落てるのよ。きっと太物屋で修業を積んだのね」

さっきまで恥じらっていたくせに、娘たちは頬に朱をのぼらせてはしゃいでいる。

思えばお伊勢も彼女らも、この界隈で育った幼馴染だ。文次郎や弥助のことも、子供のころから知っているのだろう。

「弥助さんは昔から、頼りになるお兄さんだったけど――」

「あっ、やだちょっと！」

なにを見つけたのか右側の娘が表通りに目を向けて、慌てて友人の袖を引く。二人の口から、「きゃあ！」と黄色い声が上がった。

風薫る季節ゆえに、表戸はすべて開け放たれている。店の間からも通りの様子はよく見えて、お彩は娘たちにつられてそちらに顔を向けた。

女たちの突き刺さるような視線に気づいたか、通りを歩いていた男が振り返る。そのとたん、娘たちがまたも色めき立つ。

あれが弥助か。たしかに様子のいい男である。遠目には黒と見紛うほどの濃紺の小袖に、黒繻子《くろじゅす》の細帯をややずらして締めている。半衿にも黒をあしらっており、一見すれば黒ずくめのよう。だがよく見れば違うというところに、粋を感じる。

女に騒がれることには、きっと慣れているのだろう。見られていると分かっても臆するどころかにっこりと微笑んで、そのまま近づいてくるではないか。

「どうしたんだい、楽しそうだねぇ」

いけしゃあしゃあとそんなことを言い、入口の柱に寄りかかる。気障《きざ》な仕草も様になってしまうくらい、その面貌は涼しげに整っていた。

弥助をいざ目の前にして、娘たちはただはにかむばかり。代わりに答えたのはおかみさんだ。

「なぁに、アンタは今日も粋だねって話をしてたのさ」

「そりゃあ嬉しいね。ありがとう」

褒められても謙遜することなく、にこにこと笑っている。たんに素直なだけなのか、それとも食わせ者なのか。これだけ男ぶりがいいと、お彩などはつい身構えてしまう。

「お伊勢ちゃんも粋だね。それ、近ごろ流行りの深川鼠だろ」

昨今の流行りにも詳しいようで、お伊勢もまんざらではない様子。深川鼠を褒められて、お彩の頰もわずかに緩んだ。

なるほど、これは人好きがするわね。

娘たちが騒ぐのも、納得である。

「ねぇ、弥助さん。深川鼠の着物、早くお店に入れてくれない？」

「私たちも探してるのに、ちっともないの」

「浅葱色」と吐き捨てたのと同じ口から出ているとは思えぬ甘い声を出し、娘らは上目遣いに弥助を見上げる。その変貌ぶりを微笑ましく眺めてしまうのは、お彩も歳を重ねた証拠だろうか。

「そうかい、探しとくよ。それよりもお伊勢ちゃん、今からちょっと、暇はあるかい？」

「あら、なぁに」

「おっ母さんに紅でも贈ってやりたいんだけどさ、俺にゃなにがいいのか分からなくて。選ぶのを手伝ってほしいんだ」

「ううん、どうしようかなぁ」

「もちろんタダとは言わねぇよ。団子か汁粉を奢ってやるから」

お伊勢が横目にちらりとおかみさんを窺う。「行っておいで」と促されて、腹が決まったようだ。

「しょうがないわね、つき合ってあげる。彩さん、ちょっとごめんね」

「うん、行ってらっしゃい」

お彩にことわってから鼻緒の赤い下駄を履き、弥助と共に出かけてゆく。粋な二人が連れ立ってゆく様は、後ろから見ても似合いだった。

「あーあ。弥助さんはやっぱり、お伊勢ちゃんかぁ」

「知ってたけどね、残念」

あとに残された娘たちが、がっくりと肩を落とす。つまりあの色男も、お伊勢に言い寄っているうちの一人なのだ。

おかみさんの顔色を、そろりと窺う。

お彩の眼差しに気づき、おかみさんは「ま、なるようになるさ」と笑ってみせた。

四

久方ぶりにゆったりと、一日が過ぎてゆく。

右近の顔を見ずにすむだけでも、ずいぶん心穏やかだ。夕七つ（午後四時頃）の捨て鐘を聞いてから、お彩はようやく腰を上げて香乃屋をあとにした。

暇があるから夕餉《ゆうげ》には、魚でも焼いてつけようか。そんなことを考えながら、まっすぐ家には帰らずにひと筋隣の東海道へ出る。

色見立ての仕事のお蔭で、懐に余裕があるのも嬉しいかぎり。もちろん辰五郎の仕事場再興の望みは捨てておらず、こつこつと金を貯めてはいるが、このくらいの贅沢もたまにはいいだろう。

今の季節なら、なんといっても初鰹《はつがつお》。でも目玉が飛び出るほど高いから、とても手が出ない。そういえば江戸っ子の初物好きは京男の目には奇異に映るようで、右近は「そこまで大騒ぎすることやおまへんやろ」と呆れていたっけ。

誰かがこれを有難いものと決めたから、皆が群がって値も上がる。世の中の流行りというのは、それだけのものなのかもしれない。

東海道筋をいくらも行かぬうちに、汐留川《しおどめ》へと続く入堀に行き当たる。そこに架かっているのが源助橋。橋の手前に浅葱色の背中を見つけ、お彩は「あら」と小さく呟いた。なんだか橋に縁のある人だ。下駄屋の文次郎である。

今日もお使いに出ていたのか、手には風呂敷包みを提げている。お伊勢が言っていたように、身なりには本当に頓着しない性質なのだろう。浅葱色はともかくとして、小袖の丈がやけに短い。

見たところ小柄だから、急に身丈が伸びたわけでもなさそうだ。もはや子供ではあるまいし、着物がつんつるてんでは若い娘に嫌がられるのも無理はなかった。

しかも文次郎は橋の手前に突っ立ったまま、動こうとしない。あきらかに通行の邪魔になっており、通りすがりの人に睨まれている。どうしたのかと気になって、「あの」と後ろから声をかけた。

「えっ。あっ、はい、どうも」

呆けたように佇んでいた文次郎が、お彩をみとめて狼狽《うろた》える。血色のいい頬が、いっそう赤く染まっている。

なにげなく橋の向こうに目を遣ったとたん、お彩の胸にも気まずいものが広がってゆく。この先には小さな茶店があり、店先に出された縁台に、お伊勢と弥助が並んで腰を掛けていた。

　みたらし団子を頬張って、お伊勢は楽しげに笑っている。そうだったのかと、腑に落ちた。文次郎がお彩の顔を覚えていたのは、お伊勢と一緒にいることが多いからだ。たとえば香乃屋の店の間でお茶を飲んでいるときなんかも、文次郎はさっきみたいに遠くから眺めていたのだろう。

　この青年もまた、お伊勢に懸想《けそう》しているらしい。恋心を忘れて久しいお彩には、今見たものをどう扱っていいか分からない。ひとまずは、気づいていないふりを通そう。

　そう心に決めた矢先のことだ。文次郎に、ものすごい力で袖を引かれた。

「えっ！」

　勢いを殺しきれずによろめいて、通りに向かって戸を開いていた小間物屋に文次郎もろとも踏み入ってしまう。すでにいた客に、危うくぶつかりそうになった。

「なに、どうしたの」

「すみません、見つかりそうになってしまって」

　お彩たちの視線を感じたか、お伊勢がこちらを振り返りかけたらしい。それでとっさに、隠れてしまったというわけだ。

　文次郎はまだ、お彩の袖を握りしめている。その手は小刻みに震えており、真っ赤に染まった顔は今にも泣きだしそうだった。

お伊勢のことは恋しくとも、恋敵があの弥助では分が悪い。そんなことは、誰に言われずとも当人が一番よく知っているのだろう。

恋などという不確かなものに、なるべくかかわりたくはないのに。

子供のように澄んだ文次郎の目に涙が盛り上がるのを見ていたら、知らぬふりができなくなってしまった。

「どうです、大丈夫ですか」

「ええ、今なら平気。サッと出ましょう」

小間物屋の亭主に訝しげな目を向けられながら、慎重に外の気配を窺う。お伊勢と弥助がこちらを見ていないことを確かめてから通りに出て、源助橋とは逆の方向に歩きだす。

なるべく早く、この場を立ち去らなければ。文次郎を先に行かせて急ぎ足で歩き、横道に逸《そ》れたところでほっと胸を撫で下ろした。

「すみません。おかしなことにつき合わせてしまって」

「いいえ、いいの。さっきはちょっと驚いたけど」

落ち着いて考えてみれば、なにもお彩まで一緒になって逃げてこなくてもよかったはずだ。けれども文次郎の狼狽《ろうばい》ぶりに、つい呑まれてしまった。

あらためて並んでみると、文次郎の目の高さはお彩よりもわずかに低い。涙はすでに引っ込んだようだが、長い睫毛《まつげ》が濡れていた。

「あの、お伊勢さんにこのことは——」

「心配しないで。なにも言わないから」

そう請け合ってやると、文次郎ははじめて照れたような笑みを浮かべた。

色男というわけではないが、よく見れば可愛らしい顔立ちをしている。身なりにさえ気を配れば、若い娘たちから陰口を叩かれることもなくなりそうなものを。

色が白くて華奢《きゃしゃ》だから、鳥の子色など似合いそうだ。若々しさを出すために、帯も渋い色は避けたい。たとえば青竹色なんてどうだろう。

仕事でこんなことばかりしているせいか、頭の中で色見立てがはじまった。黙り込んでしまったお彩を前にして、文次郎がぺこりと頭を下げる。

「本当に、すみませんでした。それでは、私はこれで」

「あっ、ちょっと待って」

後先も考えず、お彩は立ち去ろうとする相手を引き留めていた。

「はい、なんでしょう」

わけも分からず呼び止められても、文次郎は穏やかに微笑んでいる。香乃屋のおかみさんが言っていたとおり、誠実な青年なのだ。

それなのにお彩の不用意な発言のせいで、娘たちの前で株を下げてしまった。そんな負い目も手伝って、少しばかり助言をしてやりたくなった。

「私たち、昨日も会いましたよね。紺屋町まで、なにをしに行っていたの?」

「ええ、下駄の鼻緒にする布を取りに。あの近くの紺屋さんに、いつもお願いしているんです」

足元に目を遣れば、文次郎が履いている下駄の鼻緒も藍染めだ。こちらはあまり色が落ちておらず、藍色よりも濃い紺藍である。

「そう。あのね、口幅ったいことを言うようだけど、その紺屋さんに、着物も染め直してもらっちゃどうかしら」

思いきってそう告げると、文次郎はきょとんとした顔になった。

お彩は慌てた。これではまるで、人の着ているものに文句をつけただけのようだ。そんなつもりはないのだと、顔の前で手を振った。

「ええっと私、塚田屋という呉服屋で色見立て役をしていてね」

「――はぁ」

怪しい者ではないと言い添えたところで、文次郎はまだきょとんとしたままである。深川鼠が広まったことで、色見立て役としての名が上がったような気がしていた。だが実態は、こんなもの。着道楽のほんの一部に知られた程度である。着飾ることに関心のない文次郎は、塚田屋の名すら知らないかもしれなかった。

なにを慢心していたのだろうと、急に恥ずかしくなってきた。先ほどの文次郎にも負けぬくらい、顔が真っ赤になっているはずだ。

できれば私も身を隠したい。と思いつつ、両の頰に手を当てる。

そんなお彩を前にして、文次郎は己の体を見下ろしている。両腕を軽く広げて、合点したように頷いた。

「ああ、そうか。私ってば『浅葱色』ですもんね」

これには驚いた。文次郎は若い娘たちから、そう呼ばれていることを知っていたのだ。その上で、この着物を着続けているのである。

「でもべつにどこも破れていないし、まだまだ着られるから大丈夫です。お気遣いありがとうございます」

年ごろの娘たちから野暮だと陰口を叩かれても、気にならないというのだろうか。だってその中には、お伊勢もいるというのに。

「いいの？」

しつこいとは思いつつも、重ねて聞かずにいられなかった。

文次郎は、「なにが？」と問いたげに首を傾げる。

「正直なところ私には、この色が野暮だと言われてもよく分からないんです。綺麗な色だと思うんですけどね」

真横から、頭を叩かれたような気分になった。まさに、文次郎の言うとおりだった。色に上も下もないと、お彩だって思っていたはずだ。それなのに世間の目に踊らされて、浅葱色を纏《まと》う文次郎をいつの間にやら見くびっていた。

空に、地に、木に、花に、この世にあふれる色はすべて尊い。色見立て役だの流行り色だのといい気になって、一番大事なことを忘れそうになっていた。

「そうね。浅葱色は、いい色よね」

それは晴れ渡った空の色。芝居の若狭之助のような、さっぱりとした気性を表す色だ。澄んだ目をした青年には、とてもよく似合っていた。

お伊勢ちゃんは、この子を好きになればいいのに。

なんて思うのは、大きなお世話か。

「それでは」ともう一度頭を下げて、文次郎が去ってゆく。

お彩はその場に足を止めたまま、遠ざかってゆく浅葱色を眺めていた。

色は思案の外

一

浅葱《あさぎ》色は読んで字のごとく、葱《ねぎ》の若葉色。

だが実際の葱より青みがちな、爽やかな色である。

膝先に広げた反物を、目の高さに持ち上げてみる。むらなく均一に染められた、浅葱色の色無地だ。

今日は生憎《あいにく》雨模様だが、こうして目の前に掲げてみると、視界がパッと晴れ渡る。見ているだけで、気持ちまで明るくなるようだ。

「綺麗」

と思わず呟いたところへ、後ろからぽんと肩を叩かれた。

「なにをまじまじと見つめてますねや、お彩《あや》はん」

びっくりした。頼むから、不意打ちはやめてほしい。

「ちょっと、驚かさないでください」

「いやいや、お彩はんが反物に夢中やったから」

へらへらと笑いながら、右近《うこん》は気づかなかったお彩が悪いと言う。相も変わらぬ狐面。物事を煙に巻くのが得意である。

「ほう、浅葱色どすか」

お彩の文句を聞き流し、ひょいと手元を覗き込む。塚田屋《つかだや》の、だだっ広い店の間であった。

足元が悪いせいか、客の入りはさほどでもない。そのため店内には、どこか間延びしたような気配が漂っている。来客に茶を出す役目の小僧があからさまに欠伸《あくび》をして、年嵩の手代に頭をぽかりと殴られていた。

これなら少しくらい居残っても、邪魔にはならないだろう。そう考えてお彩は約束の色見立てを終えてから、座敷の片隅で反物を眺めていたわけである。

「なんどす、次はこの色を売りだすつもりでっか？」

「いえ、そういうわけでは——」

と否みつつも、やはりこの色が気にかかる。三日前に下駄屋の文次郎《ぶんじろう》に言われた言葉が、今も胸に残っていた。

『正直なところ私には、この色が野暮だと言われてもよく分からないんです。綺麗な色だと思うんですけどね』

あらためて真新しい反物を広げてみると、文次郎の言うとおりだと思い知らされる。特に初夏のこの季節には、ぴったりな色である。

「いけませんよ、その色は」

唐突に、右近以外の声が割り込んでくる。首を巡らせてみると番頭が、反物の束を抱えたまま足を止めていた。

「浅葱色は売れません。仕掛けるだけ無駄です」

鷲鼻をそびやかし、にべもなく言いきった。

べつに腹案があるわけではないが、そう断じられると異を唱えたくなってしまう。

「でもこの色を、たとえば生絹《すずし》なんかに染めたら、さぞかし爽やかで美しいと思うんですが」

「ああ、浅葱でも夏物やったらそれなりに出ますえ」

「そうなんですか」

お彩の反論を、右近が引き取る。矛先をねじ曲げられて、ひとまず話を聞くことにした。

「そらまぁ涼しげな色やし、絽《ろ》や紗《しゃ》なら向こう側が透けますやろ。襦袢《じゅばん》を重ねたら色味が変わるもんで、浅葱でもあんまり気にならへんのと違いますか」

絽も紗も、盛夏に着る夏物だ。薄く透き通った布だから、下に着るものの色が映える。なるほどそういう理屈ならば、浅葱を忌避しなくてもよさそうだ。

しかし手元にある反物は、シボの立った縮緬《ちりめん》だ。番頭が売れぬと断じるものが、なぜ塚田屋の棚にあるのだろう。

疑問をそのまま口にすると、右近が答えた。

「京の本店から送ってきますねや。せやから一応は置いてます」

「あちらでは、浅葱色は嫌われないんですか」

「へぇ。京はお武家はんが少ないよって」

それもそうか。浅葱色は江戸勤番の田舎侍が羽織の裏に使ったせいで嫌われた。京詰めの武士の数は、江戸とは比べものにならぬという。ならば「浅葱裏が来た」と、顔を顰められることもないのだろう。

粋だの野暮だのと言っても、ものの見方はお国柄で変わってくる。そんなものに、振り回されていいものだろうか。

「余所《よそ》はどうだか知りませんが、江戸では売れませんよ。江戸っ子は野暮を嫌うどころか、憎んですらいますからね」

そう言うと、番頭はなぜか誇らしげに胸を張った。

着物と羽織はどちらも白鼠《しろねずみ》。帯は錆鉄御納戸《さびてつおなんど》と、大店《おおだな》の帳場を預かる者らしく色味を抑えてはいるが、噂によると羽裏に凝っているらしい。

羽織などめったに脱ぐものではないから、お彩はもちろん見たことがない。そういう見えないところに凝る粋っぷりに、自ら酔っているのだろう。

自分はいかにも粋ですって顔をした人が、とても粋とは思えないけど。

そう感じてしまうのは、文次郎の澄んだ瞳に触発されてのことだろうか。

「せやけどもなんでまた、浅葱色をそんなに気にかけてますねや」

右近に問われ、お彩は軽く言い淀む。

先日の出来事を、どう説明したものか。文次郎の淡い恋心を、勝手に洩らすような愚は避けたい。

そういえば右近は紺屋町《こんやちょう》近くの藍染橋で、文次郎に会っている。彼が浅葱色の木綿を着ていたのも、うっすらと記憶にあるはずだ。お伊勢《いせ》の名を持ち出さずとも、うまく話ができそうである。

頭の中で話の道筋を立ててから、「実は」と口を開く。だがその先を続ける前に、店の入り口あたりから「ごめんください」と声が上がった。

そちらのほうへと首を巡らせ、お彩はぎょっと肩を震わせる。なんとも奇遇なことに、視線の先に立っていたのは古着屋の弥助《やすけ》であった。

すらりとした体に、一見黒ずくめのようにも見える装いがよく似合う。

まじまじと目を細め、その小袖が実は濃く染めた紺だということに気づいたのだろう。

「おやまぁ、粋の塊みたいなお人が来やはった」

そう言って、右近は愉快げにニヤリと笑った。

白檀《びゃくだん》と思われる香の煙が、鼻先をそっとかすめてゆく。床の間に掛かる書はお彩にはまったく読めないが、どうせべらぼうな値がするのだろう。

店の間で応対するには憚《はばか》られる身分の客が来た際に通される、六畳の別室である。その部屋でお彩はなぜか、弥助と向かい合わせに座らされていた。

「お彩はんのお知り合いなら、無下にはできまへんからな」

いったいなにを考えているのだか、右近はいやに楽しそうだ。女中が運んできた煎茶を自ら受け取り、弥助の膝先に置いてやる。店が暇なのをいいことに、ここで油を売る気のようだ。

弥助の姿を見たとたん肩を震わせてしまったがために、お彩の知り合いであることがばれてしまった。ただし弥助のほうではお彩の顔を覚えておらず、「先日香乃屋《かのや》で、お伊勢ちゃんの隣にいました」と伝えると「ああ！」と調子を合わせたものの、おそらく分かってはいない。

そんな相手をもてなしてやる必要はないのだが、右近は「そういうことなら、まぁ上がっとくれやす」と中に通してしまった。

「そうどすか、日蔭町《ひかげちょう》の。ああ、お彩はんに繕い物の仕事を回してはった古着屋はんどすな。それはそれは」

ふむふむと頷《うなず》きながら、右近はにっこりと目を細める。愛想がいいように見えるが、生け捕りにした獲物でどう遊ぼうかと考えている猫にも似ている。お彩の許嫁《いいなずけ》であった卯吉《うきち》を前にしたときも、よくこのような顔をしている。

一方の弥助は大店の中に通されても物怖じする様子もなく、堂々と背筋を伸ばして座っている。同じ町内の裏店《うらだな》に住むお彩がなぜここにいるのかと、疑問を抱いてすらいないようだ。端整な面立ちに自信を漲らせ、右近をまっすぐに見つめている。

「はてその古着屋はんが、うちになんのご用で？」

右近はいつもどおり、京紫《きょうむらさき》の縮緬に黒羽織を合わせている。その身なりと物言いから、塚田屋の主だと思い違いをしたらしい。弥助は「へぇ」と返事をし、威勢よく膝を前に進めてきた。

「深川鼠《ふかがわねずみ》の反物の、売れ残りはございやせんか。できるだけ高く買い取らせてもらいやす」

「はぁ、なんでまたその色を？」

「巷では今、深川鼠が流行っておりましてね。近所の娘さんたちも欲しがっているんだが、古着屋までは回ってこない。ならばとこうして下駄の歯をすり減らし、買い取りに回ってるって寸法で」

そういえば香乃屋にいた娘たちが、深川鼠の着物を店に入れてくれと、しなを作って頼んでいたっけ。この様子だと弥助は、深川鼠を流行らせた呉服屋の名までは知らぬようだ。

右近はますます興味深げに、唇の両端を持ち上げた。

「へぇ、たしかに流行っとりますなぁ。その売れ残りでっか」

「少しくらいはあるでしょう。染めムラや、傷があっても構やしません」

「そういったお品は、うちでは端《はな》から仕入れまへんなぁ」

「蔵に入れっぱなしになってて、色が褪せちまったのとか」

「深川鼠はよう出てますさかい、褪せる暇もありまへんわ」

呉服屋では年末などの節目に、売れ残った品物を二束三文で古着屋に売り払うことがあるそうだ。それによって呉服屋は蔵の中を整理でき、古着屋は新品の反物を安く手に入れられる。いわば持ちつ持たれつの間柄だ。

しかし古着屋とひと口に言っても様々で、高級呉服を扱う店から天秤棒を担いで売り歩く者までいる。塚田屋ほどの大店ならば、大きな古着市の立つ富沢町《とみざわちょう》とつき合いがあるはずだ。弥助はそういった決まりごとをまるで無視して、売れ残りを買い取ると申し出ているのである。

普通ならば気後れするだろうに、無謀にも大店の懐に飛び込んでくる度胸だけは褒めてもいい。だが流行りの品物は、売れるからこそ流行りなのだ。塚田屋では正月の初売りのためにかき集めた深川鼠も品薄となり、京の本店を急かして次々に仕入れている。

それをなぜ正札より安く、古着屋に売らねばならないのだろう。

もしかしてこの人、商いのことをなにも分かってないんじゃないかしら。

お彩だってただの色見立て役で、商いについては素人だ。それでも不安が胸に兆すくらい、弥助の申し出には無理があった。

「正札の値で買い取ってくれはるなら、お分けすることはできますけどな」

「冗談じゃねぇ。それじゃあうちでの売り値は、ここより高くなっちまう」

弥助の語気が、少しばかり荒くなる。買い値に利益分を足さないと、損が出ることくらいは分かるようだ。それにしても、話の通じぬ男である。

江戸っ子ならば、「一昨日来《おととい》やがれ」と追い出して塩を撒きかねない。しかし右近は少しも顔色を変えず、「困りましたなぁ」と首を傾げた。

「お安くお分けできる反物が、ないわけやおまへんけども」

「なんだ、だったらそれを買い取らせてもらいまさぁ」

「へぇ、浅葱色の縮緬でよろしければ」

「浅葱色ォ？」

ああ、違う。このやり取りは、京男なりの「一昨日来やがれ」だ。顔色を変えたのは、弥助のほうだった。

「馬鹿にしちゃいけねぇ。そんな野暮色を押しつけられちゃたまんねぇよ」

吐き捨てるようにそう言って、整った顔を大きくしかめる。「野暮色」という物言いに、お彩の眉間も険しくなった。

「そうどすか、そら残念。正札の深川鼠と安値の浅葱、二反買えばそちらさんも上がりが出せるかと思いましたんやけど」

「えっ。そんなこと、さっきはひと言も――」

「野暮色を押しつけようとして、すんまへんどしたなぁ。ああ、お帰りはこちらどす」

右近はするりと立ち上がり、障子を開けると手のひらで退室を促した。「残念」と口では言いながら、少しの未練も感じさせぬ態度である。

「ああ、正吉《しょうきち》。お客はんがお帰りや。出口まで案内したげて」

ちょうど通りかかった手代まで呼び止めて、にっこりと微笑みかけてくる。

「いや、でも」とか「ちょっと待ってくれよ」とか、思い切れずに食い下がろうとしていた弥助も、有無を言わせぬ笑顔に負けて渋々と立ち上がった。

お彩はその場に座ったまま、遠ざかってゆく濃紺の背中を眺める。あの小袖だって長く着て何度も水に潜らせれば、そのうち浅葱色になるはずなのに。それを「野暮色」と嘲った、心根の浅さが気にくわない。

浅葱色を「綺麗な色だ」と言った文次郎さんのほうが、よっぽど素敵だわ。

お伊勢にはますます、弥助よりも文次郎を好きになってもらいたい。こういう気持ちを、老婆心というのだろうか。けれどもどう考えたって、婿に迎えるなら文次郎だろう。

やっぱり、見た目かしら。

弥助は色男な上に、無駄な度胸だけはある。若い娘がのぼせ上がるのも、無理からぬことだろう。

「もうちょっと遊べるかと思いましたけど、卯吉はんのほうがよっぽどからかい甲斐がありますな」

不穏なことを口にしながら、右近が障子をぴしゃりと閉める。それからいかにも気遣わしげに、お彩の顔を覗き込んできた。

「お彩はん。つき合う人はもう少し、選ばはったほうがええんと違いますか」

それは弥助の他に、卯吉をも含めた忠告だろうか。

お彩は冷めた煎茶を啜《すす》ってから、ゆっくりと首を振った。

「どちらとも、べつに親しくはありません」

二

井戸端に盥《たらい》を出し、辰五郎《たつごろう》の着物をじゃぶじゃぶと洗う。

雨模様の昨日とは打って変わって、頭上には浅葱色の空が広がっている。盥の中に沈む木綿の着物は、藍染めの濃淡で縞を染め出した鰹縞《かつおじま》。その縞の中にも浅葱色が交じっており、どうしたって文次郎の顔が頭に浮かんでしまう。

どうすれば、あの人のよさをお伊勢に伝えられるだろう。お彩にできるのは色見立てで見栄えをよくすることくらいだが、それは文次郎本人に断られてしまった。そもそも文次郎の魅力は、外見ではない。飾ることのない真心に、どうか目を留めてほしい。

なんてことを考えるのは、肩入れのしすぎだろうか。今にも泣きだしそうな文次郎の顔を、見てしまったせいかもしれない。

だけどお伊勢ちゃんの心まで、変えることはできないし。

水の中から引き上げた着物を、力を込めてぎゅうぎゅうと絞ってゆく。こういった布ならば、染め変えることは容易である。しかし人の心には、どうしたって踏み入れられない領域があるものだ。

たとえばそれは、恋心。恋を色でたとえるならば、いったいどんな色になるのだろう。

しっかり絞った着物をパンと広げ、物干し竿にかけてゆく。晴れやかな空の下に鰹縞がはためいて、このぶんだと昼過ぎには乾くだろう。

今日の色見立ては一件だけ。昼餉《ひるげ》を食べてから向かえば充分間に合う刻限である。その前にちょっと、お伊勢ちゃんの様子を見に行ってみようかな。

盥の水を溝《どぶ》に捨ててから、前掛けで手を拭って立ち上がる。そういえば、そろそろ鬢《びん》付け油がなくなりそうな頃合いだった。

香乃屋の常ならぬ賑わいは、表通りに出る前から察せられた。

若い娘がキャアキャアと騒ぐ声が洩れ聞こえており、なにごとかと店の中を覗けば、掃き溜めに鶴ならぬ花園に黒鳥。娘たちの真ん中に、黒ずくめに見える弥助が立っていた。

「水油なら、この青絵の油壺に入ったのはどうだい。蛸唐草《たこからくさ》の絵柄が粋で、お前さんによく似合ってるよ」

「本当？　ならそれにしようかしら」

「弥助さん、アタシは鬢付け油がほしいんだけど」

「だったらやっぱり、伽羅《きゃら》の油だろうよ。いろんな油が出ちゃいるが、この香りが一番グッとくるぜ」

「やだもう、弥助さんたら」

娘たちはころころと笑いながら、弥助が「グッとくる」と言った伽羅の油を二つ三つと買ってゆく。そんなに買っては小遣いが足りなくなるのではないかと、見ているこちらがはらはらする。

「へい、毎度あり！」

弥助に威勢よく見送られ、娘たちは華やいだ気配を振り撒きながら帰ってゆく。通りやすいように、お彩は体をずらして出口を広く空けてやった。

「おっと、気づかずにすまねぇな。いらっしゃい、なんにしやしょう」

お彩の存在に気づき、弥助がずずいと歩を進めてくる。涼しげに整ったその顔を、つい呆然と見上げてしまった。

「なんにって――」

言葉に詰まっていると、片頬を持ち上げ気障《きざ》に笑いかけられた。

色男に見惚れていたのではなく、呆れ返っていたのだが。顔を合わすのも三度目というのに、弥助はまだお彩のことを覚えていないようだった。

そりゃあ昨日は、化粧をしていたけれど。

思い返せば偽色騒動のときの三竹屋《みたけや》だって、塚田屋で再会したお彩の正体に気づかなかった。化粧映えするというわけではなく、たんに男の関心を引かぬ面立ちなのだろう。

べつにちやほやされたいわけではないが、顔の区別くらいはつけてほしいものだと思う。

「ちょっと弥助さん、裏まで聞こえてたわよ。八百屋じゃないんだから、声を張り上げないで」

内所との仕切りの暖簾《のれん》を分けて、お伊勢がひょっこりと顔を出す。今日も気に入りの、深川鼠を身に着けている。土間に立ち尽くすお彩に目を留めて、「あら」と笑いかけてきた。

「彩さんが来てたのね。いらっしゃい」

上がってちょうだいと促され、お彩はひとまず座敷の上がり口に腰掛ける。事情がいまひとつ飲み込めず、横目に弥助を窺っていると、お伊勢がわけを聞かせてくれた。

「おっ母さんが風邪をひいちゃって、昨夜《ゆうべ》から寝込んでるのよ。それであたしが一人で店番をしてたんだけど、たまたま通りかかった弥助さんに見つかっちゃってね。こうして悪ふざけをされてるってわけ」

「おいおい、人聞きが悪《わり》ぃな。お伊勢ちゃんがちょっと席を外してる間に、ずいぶん品物が売れたんだぜ。褒めてくれなきゃ困るよ」

「はいはい、さすが弥助さんね」

「だろう。俺を婿に迎えたら、香乃屋は今よりもっと繁盛するぜ」

「んもう、なに言ってんだか」

弥助はお彩のことなどそっちのけで、お伊勢に粉をかけている。軽口を装ってはいるが、あながち冗談とも言えぬようだ。お伊勢も上機嫌に笑っていて、まんざらではない様子。洒落者の二人が並んでいると、やはりお似合いに見えた。

「物さえあれば、売るのは得意なんだがなぁ。そこら中走り回っても、深川鼠が手に入らねぇよ」

「そりゃあ今は人気だもの。どこも品薄なのよ」

話の種に深川鼠の名が出てきて、お彩は心持ち面を伏せる。その流行りを生み出した張本人であることを、お伊勢にばらされては面倒なことになりそうだ。

幸い若い二人はお彩になど目もくれず、仲睦まじく笑い合っている。

「でもほら、お伊勢ちゃんの友達が、深川鼠の着物を欲しがってたろ」

「えっ、もしかしてそのために探してくれてるの？」

「そりゃあそうさ。でなきゃ俺も、こんな必死にならねぇよ」

なんだかだんだん、お邪魔虫になっている気がしてきた。

弥助はつまり、お伊勢から見た己の株を上げたくて、無理を承知で呉服屋を回っていたのである。そう思えば昨日の愚行も、憎めなくなってくる。意外に可愛いところがあるじゃないかと、少しばかり見直してしまった。

これではますます、文次郎には分が悪い。「ありがとう」と微笑むお伊勢を見ていられなくて、お彩は足を踏み鳴らして立ち上がった。

「びっくりした。彩さん、どうしたの」

「あ、ごめん。おかみさんの具合は平気なのかと、心配になって」

「ああ、たいしたことないのよ。今日一日、葛根湯《かっこんとう》でも飲んで寝てれば治るわ。裏にお父つぁんもいるしね」

香乃屋の主人はこんなときでも、客あしらいに出るつもりはないらしい。愛想というものがない代わり几帳面で、店の収支はきっちりと把握している。己の分を越えたところには、出しゃばらぬ人である。

「そう、ならよかった」

「おっ母さんの代わりに、あたしがお茶を淹れようか？」

「ああ、いいの。私も今日は、鬢付け油を買いにきただけだから」

「そうかい、だったらやっぱり伽羅の油だろう。この香りが一番、グッとくるぜ」

鬢付け油と聞いて弥助がすかさず売り子に戻り、見世棚に並んだ品物を指し示す。

名前とは裏腹に、伽羅の油は香りづけに伽羅を使ってはいない。高価な伽羅くらい上等な品であるという意味で、この名になったそうだ。大振りな蛤《はまぐり》の殻に詰めて売られており、量が少ないぶん割高である。

「いいえ、私はいつもこれなので」

色男の勧めに従わず、お彩は別の品を手に取る。

握り飯のごとく竹の皮に包まれた、量もたっぷりの徳用品であった。

三

四月に入ってからというもの、盛夏に着る絽や紗の相談が多くなった。

昼過ぎから入っていた色見立ては、白粉《おしろい》問屋の十四になる娘さんのもの。肌がふんわりと白くて子栗鼠《りす》のように愛らしく、爽やかな明るい色ならなんでも似合いそうだった。そこで思い切って、浅葱色の絽を選んでみた。浅葱でも夏物ならそれなりに出るという、右近の意見を信じたのである。

野暮だと言われやしないかと内心案じてはいたが、娘さんもその親も、たいそう気に入ってくれた。なにより反物を肩に掛けたときの顔映りが抜群だった。

ついでに浅葱の色無地に合いそうな蒸栗色《むしくりいろ》の帯地を選び、さしたる問題もなく見立てが終わった。

「ありがとうございました。またご贔屓《ひいき》に」

戸口まで出て白粉問屋の親子を見送ってから、ほっと肩の力を抜く。浅葱色を喜ばれたことが、自分でも不思議なくらい嬉しかった。

こうやって少しずつ、この色を見直す機運が高まってくれぬものか。そうすれば文次郎が、謂われもなく馬鹿にされることがなくなる。でもそれは、何年先になるのだろう。

ああ、いけない。また老婆心が顔を出している。

お彩は控えめに、己の頰を叩く。香乃屋でのお伊勢と弥助のやり取りを見て、余計な口出しはするまいと心に決めた。周りがどう思おうとも、肝心なのはお伊勢の気持ちだ。弥助のことが好きならば、他の男など目に入るまい。

周りがいいと勧める相手が、当人にとってもそうとはかぎらないのだし。

店の間の座敷に戻り、帳場に座る番頭と話し込んでいる右近を見遣る。香乃屋のおかみさんもお伊勢も、しきりに右近とお彩をくっつけたがるけれど、あの男のどこがよくて勧めてくるのか分からない。それなりに恩義を感じているし、頼りにしているところもあるが、底意地の悪さがすべてを台無しにしている。

それと同じで文次郎のよさをいくら伝えようとしても、お伊勢は首を傾げるばかりだろう。これもまた、相性か。着物と帯を合わせるにしても、人によって好みがあるようなものだ。

さてそろそろ、着替えて帰ろう。

広げてあった反物を巻き直し、手隙の小僧に託してから、内所との境の暖簾を分ける。その先は、だだっ広い台所だ。奉公人を数多抱える塚田屋では早くも夕餉《ゆうげ》の支度が始まっており、台所女中が忙しなく行き来している。

なるべく邪魔にならぬよう、お彩は息を潜めて歩を進める。だがいくらも行かぬうちに、後ろから肩を叩かれた。

いつの間に追いつかれたのだろう。振り返った先には、右近のにやけ面がある。

「お彩はんさっき、わてのことちらちら見てましたやろ」

「気のせいです」

漂ってくる昆布出汁《だし》のにおいを嗅ぎながら、にべもなく答えた。おかしなふうに、思い違いをされては困る。

「おやまぁ、そうどすか。ところでこの後、なんか用事があったりします？」

それは右近が、これから切り出そうとしている用向きによる。面倒なことにつき合わされるくらいなら、断ってさっさと帰りたい。

「どうしてですか」

「へぇ、ちょっと野暮用で、太物屋《ふとものや》はんに行きとうて。ご一緒してくれまへん？」

太物とは綿や麻など、絹糸に比して太い糸を使った織物のことである。ならばまた、染織についてなにかお彩に見せたいものがあるのだろう。

そう踏んで、お彩は「分かりました」と頷いた。

帰り支度を手早く済ませ、右近の後についてゆく。

向かった先は、人形町。大文字屋《だいもんじや》という看板がかかった間口五間ほどの店に、右近は吸い込まれるように入って行った。

着きましたとかなんとか、ひと言断ってから入ればいいのに。不満を抱きつつ、お彩は戸口から中を覗く。店の間はさほどの奥行きがなく、突き当たりの棚に太物の反物がみっちりと並べられていた。

客は煙草盆を使ってのんびりと寛いでいる老人が一人。その相手を手代に任せ、羽織姿の番頭らしき男が近づいてきた。

「ようこそ、いらっしゃいませ。本日はどのようなご用で？」

通り一遍の挨拶をし、にこやかに笑いかけてくる。以前からつき合いのある店なのかと思いきや、そういうわけでもなさそうだ。

「へぇ、近々配り物の手拭いを作ろと思てましてな。晒し木綿の反物を分けてもらいたいんどすわ」

「左様ですか。ちなみに、何反ほど？」

「ひとまずは、十七反」

「どうぞどうぞ、こちらにお上がりください。ささ、お連れ様も」

そういえば右近は紺屋町の職人に、手拭いを拵《こしら》えると約束していた。そのための布地を、注文しに来たらしい。

十七反と聞いて番頭は、右近だけでなくお彩にまで腰を低くし、座敷へと通してくれた。

「手拭い用でございますね。いくつかお持ちしますから、手触りなどお確かめくださ い」

ひと口に晒し木綿と言っても、糸の太さや打ち込みの数によって風合いが変わってくる。見本をいくつか並べてもらい、右近はその中から、最も手触りの柔らかいものを選んだ。

「かしこまりました。それではこちらを十七反、ご用意します。お届けはどちらへ。えっ、本石町二丁目《ほんごくちょう》の塚田屋さん？ ええ、ええ。もちろん存じております。近ごろよく噂を聞きますから。あれでしょう、ほら、深川鼠。いやはや、手前どもの店を選んでくださって、誠にありがとうございます」

一見の客の正体を知り、番頭は恐れ入るやら喜ぶやら。奥から大文字屋の主人まで出てきて、平身低頭されてしまった。

「よろしければ、こちらを」と煙草盆を勧められたが、生憎右近もお彩も煙草を吸わない。

「いやいや、お気遣いなく」

そう言って顔の前で手を振ってから、右近はなに食わぬ顔で切り出した。

「そんなことよりこちらのお店《たな》には、弥助はんという方が奉公してはると聞きましたんやけど」

右近の目論見《もくろみ》をなにも聞かされていなかったから、店主や番頭だけでなく、お彩まで驚いて目を剝く羽目になった。

そうだ、弥助はつい最近まで、人形町の太物屋に奉公していたのだ。

昨日弥助が帰った後で、右近から詳しい話を求められ、お彩が知るかぎりの来歴は伝えてあった。語るに落ちて弥助がお伊勢に言い寄っていることまで、うっかり口を滑らせてしまった。

けれども奉公先の店の名までは、お彩は知りもしなかった。右近はあれから、人に聞くなどして調べたのだろう。

でもいったい、なんの目的で？

塚田屋に飛び込みでやって来た弥助に、興味を引かれるところがあったのだろうか。昨日のうちはまだ、卯吉のほうがからかい甲斐があるなんて言っていたくせに。

右近の問いかけに、大文字屋の主人と番頭が困ったように目を見交わす。しかし右近が選んだ反物は、晒し木綿の中で最も値が張るものだ。せっかくの上客を逃してはならじと、覚悟を決めたように主人のほうが口を開いた。

「弥助はたしかにおりましたが、すでに暇をやりまして」

重々しい口調から、決して円満な別れでなかったことが察せられる。その手の不穏な噂はまだ、日蔭町には伝わっていないようだ。

「はぁ、それはなんでまた」

「これですよ」

番頭が軽く握った右手を振って、ぱっと開く。

「賽子《さいころ》どすか」と、右近がその仕草の意味を言い当てた。

つまるところ、博打《ばくち》である。弥助は足繁く、賭場に出入りしていたという。

「元々軽薄なところのある奴でしたが、すっかり深みにはまっちまって。借金が嵩んで取り立てが店にまで来るもんだから、うちではもう面倒を見きれないと、縁を切った次第です」

語り終えてから、主人が苦々しげに顔をしかめる。弥助は十一のときから奉公に上がっていたと聞いているから、九年もの月日をこの大文字屋で過ごしたことになる。その縁をばっさりと切ったのだから、店主としても苦しい決断だったのだろう。

「そうどすか。いえね、ずいぶん前に下駄の鼻緒が切れて難儀しとるところへ、たまたま通りかかった若者が手を貸してくれまして。お名前を聞いたら大文字屋に奉公しとる弥助はんやということで、いつかお礼に伺おうと思てましたねや。そんなことならもっと早う、お訪ねするべきでしたわ」

右近は弥助との間柄を聞かれる前に、すらすらと嘘八百を並べ立ててゆく。よくもまぁこんなにも、舌が回るものである。

「そんなことがありましたか。あいつも悪い水に馴染んでしまっただけで、根っからの悪人じゃございませんから」

大文字屋の主人と番頭はでまかせを疑うことなく頭から信じ、神妙な面持ちになっていた。


手拭い地の晒し木綿を届けてもらう手筈を整えてから、大文字屋を後にする。このまま右近は塚田屋に戻り、お彩は日蔭町に帰るつもりだが、日本橋の袂までは同じ道筋だ。しばらく無言で歩を進め、大文字屋の店構えが見えなくなったあたりで、お彩はぼそりと呟いた。

「右近さん、下駄なんか履かないじゃありませんか」

「はて、なんのことでっしゃろ」

右近はたいてい、雪駄《せった》か草履である。今も台が三枚重ねになった、上等な草履を履いていた。

この男はいつだって、空惚《そらとぼ》けてばかり。太物屋にお彩を伴ったのも、染織の技法を見せるためではなかったわけだ。

「それにしても弥助さんが、博打で身を持ち崩していたなんて」

「ほんになぁ。お伊勢はんは、もうちょっと相手を考えたほうがよろしおすわ」

もしかすると弥助は大文字屋を出されたのをきっかけに、博打からきっぱりと足を洗ったのかもしれない。だとしても、立ち直った証くらいは見せてほしいものである。

「お伊勢ちゃんを心配して、弥助さんのことを調べてくれたんですか」

「へぇ、それはまぁ。あんな色男がお伊勢はんを掻《か》っ攫《さら》うつもりかと思たら、腹の虫が治まらんので、粗探しをする気になりましてな」

「はぁ、そうですか」

それはまた、妬《ねた》み嫉《そね》みにまみれた動機である。そんなことなら、聞かなければよかった。

芝居町《しばいまち》のひと筋南にある芳町《よしちょう》の通りを抜け、掘割に架かる橋を渡る。頭上を横切って行った鷗《かもめ》をもの珍しげに目で追ってから、右近はふいに思い出したかのようにこう言った。

「せやけど弥助はんは、博打で拵えた借金をどないしやはったんやろな」

四

弥助が博打にのめり込んでいたことを、お伊勢にはどう伝えたものだろう。

若い二人の仲に水を差していると取られても困るし、どれだけ言葉を選んでも、告げ口であることに変わりはない。

「博打ってのはな、ありゃあ中毒だ。もうやめたと心に決めても、しばらくすると虫が騒いじまうんだろう。知り合いから金を借りつくして信用を失っても、家財道具を全部質に入れちまっても、女房に逃げられたってやめられねぇ。そんな奴をいくらでも知ってらぁ」

夕餉《ゆうげ》の折にそれとなく博打について辰五郎に聞いてみたら、そんな答えが返ってきた。弥助もまだ、賭場から足を洗えていないのだろうか。

だが借金を抱えたままならば、取り立ては日蔭町まで追ってくるはずだ。そんな輩が周りをうろついていたら、とっくに噂になっている。

かといって大文字屋が、暇をやる奉公人の借金を肩代わりしたとは考えづらい。となればまた別の誰かに借りたのか、博打で起死回生の大当たりを出したのか。

なんにせよ、香乃屋の婿に迎えるにはきな臭い。お伊勢を傷つけたくはないけれど、ここは正直に、聞き知ったことを話すべきだろう。

「どうしたんだい、お彩ちゃん。さっきから難しい顔をして」

香乃屋のおかみさんが、ずずっと音を立てて麦湯を啜る。己の膝先に視線を落としていたお彩は、はっとして顔を上げた。

大文字屋を訪ねた翌日の、のんびりとした午後である。塚田屋に赴く用もなく、掃除や洗濯などの家事を済ませてしまうと手持ち無沙汰で、つい弥助のことを考えてしまう。そんなわけだから思い切って、香乃屋に顔を出したのだ。

「いいえ、特になにも。おかみさんこそ、風邪が治ってよかったですね」

「ありがとうね。昔は風邪ごときじゃ寝込まなかったのに、歳かねぇ」

白髪の一本もないくせに、おかみさんはやれやれと息をつく。まだ少し、鼻声のようである。

「だけど、おちおち寝てもいられないよ。なんたって、昨日の収支が合わないんだからね」

いつもどおり香乃屋の店の間に女三人、膝を楽にして座っていた。おかみさんに睨まれて、お伊勢が「うっ」と眉根を寄せる。

「ごめんね、おっ母さん。でもおかしいなぁ、どこで間違えたんだろう」

品物の数と昨日の売り上げが、どうしても合わなかったそうである。几帳面な香乃屋の主人が算盤を弾いたなら、計算違いということはあるまい。

なんとなく、嫌な予感が胸に兆す。ざわつく心を落ち着けようと、お彩も己の麦湯を啜った。

「熱っ！」

気もそぞろだったせいで、吹き冷ますのを忘れていた。麦湯は沸かしたてだったらしく、思いのほか熱かった。

「やだ、大丈夫？」

「水いるかい」

お伊勢とおかみさんが、慌てふためき腰を浮かす。

「すみません、平気です」

騒がせてしまい、申し訳ない。お彩は手でさえぎって、二人に座るよう促した。

しかしさらなる騒動が、店の外からやって来た。

「うるせぇな。てめぇ、手を離せって！」

「いけません。ちゃんと謝ってください」

遠くで言い争う声がすると思っていたら、それがどんどん近くなり、ついには男が二人、香乃屋の土間にもつれ込んできた。

一見黒ずくめのような男と、浅葱色。彼らが顔を上げる前から、お彩は「あっ！」と叫んでいた。

華奢な文次郎が、自分よりも背の高い弥助の衿首を懸命に押さえている。ずいぶん抵抗されたらしく、文次郎の髷《まげ》は崩れ、着物の片袖が破れていた。

「ちょっと、なにがあったのよ」

お伊勢が素早く立ち上がり、下駄も履かずに土間へと下りる。引きずり倒されている弥助の肩に、そっと優しく手を置いた。

弥助はふて腐れた子供のように、ふいとそっぽを向いてしまう。「弥助さん！」と文次郎に厳しく促され、渋々懐に手を突っ込んだ。

「いやぁ、すまねぇ。昨日店番をしてたときに、計算を間違えちまったらしくてな」

そう言いながら、お伊勢の手のひらになにかを載せる。あまりに小さく見づらいため、お彩は首を伸ばして覗き込んだ。そこにあったのは、手垢のついた二朱金だった。

「えっ、なにこれ」と、お伊勢の眼差しが鋭くなる。

弥助は唇を尖らせて、ぼそぼそと言い訳をした。

「だから、言ったろ。うっかり計算違いを――」

「だとしても、弥助さんの懐からお金が出てくるのはおかしいんじゃない？」

問い詰められると、ぐうの音も出なくなったようだ。弥助はじっとうつむいて、口を噤《つぐ》んでしまった。

「どういうことなんだい、文次郎さん」

おかみさんも座敷の縁まで膝を進め、弥助ではなく、わけを知っていそうな文次郎に問いかける。

「ええっと――」

どうしたものかと逡巡していたが、お伊勢に頷き返されて心を決めたようだ。文次郎は、赤みの強い頬を引き締めた。

「さっき居酒屋の前を通りかかったら、弥助さんが縁台で飲んでいたんです。それでたまたま、近所の油店から金をちょろまかしてやったと、自慢する声が耳に入りまして」

日蔭町に油店は、一軒しかない。これは聞き捨てならないと、文次郎はすぐさま弥助を問い質し、常にない強引さでここまで引きずってきたというわけである。

「悪かった。俺が悪かったよ。ほんの出来心だったんだ、すまねぇ」

衿首を押さえていた文次郎の手を振り払い、弥助が開き直ったように大声を張る。まさかそれで、謝っているつもりなのだろうか。

弥助の心根をたしかめたいなら、今しかなかった。お彩は心持ち、膝を前に進める。

「あの、弥助さん。博打で拵えた借金は、どうされたんですか」

声を発するまで、弥助にはお彩が見えていなかったらしい。ぎょっとして顔を上げ、お前は誰だと問いたげに睨みつけてきた。

「なんでそれを――」

おかみさんとお伊勢が、「博打?」「借金?」と、口々に呟く。その怪訝《けげん》な眼差しに、弥助はもはや、お彩を相手にするどころではなくなった。

「いや、違う。借金は、綺麗さっぱり返してある。博打だって、誘われてちょっとやってみただけなんだ。信じてくれ！」

大袈裟な身振り手振りで、弁明を試みる。だがその慌てっぷりでは、言葉を重ねるほど怪しく思える。

「なんだいそれは。古着屋のおかみさんは知ってんのかい」

「おっ母さんは、もちろん知ってる。呆れ返っちまって、紅を買ってやっても口を利いてもくれねぇよ」

博打と借金のせいで、二十歳にもなった次男が奉公先から帰されてきたのだ。古着屋にとっても、迷惑な話に違いあるまい。

「兄貴に子が生まれたばかりだし、俺にゃまったく居場所がねぇんだ。なぁ、おかみさん。俺を香乃屋で雇っちゃくれねぇか。女客相手なら、いい仕事をするぜ」

「アンタ、自分がなに言ってるか分かってんのかい」

取り乱して道理の通らぬことを喚《わめ》き散らす弥助に、香乃屋のおかみさんまで呆れて胸の前で腕を組む。店の金をちょろまかしておいて、それでも雇ってくれとは、厚かましいにもほどがある。

お彩もまだ、納得していなかった。借金は、どうやって返したかが肝要だ。二朱金をかすめ取るような弥助に、自力で返せるとは思えない。

さらに追い打ちをかけようと、口を開きかけたときだった。視界の端に、京紫《きょうむらさき》が揺れた気がした。

「おやおや、これは。皆さんちょうどお揃いやありまへんか」

ごたつく店内に、飄々とした上方言葉が割り込んでくる。まるでこのときを見計らっていたかのように、右近が戸口に顔を覗かせていた。

「アンタ、呉服屋の――」

お彩の顔は覚えられずとも、京紫に身を包んだ右近のことは記憶に残っていたようだ。

大店の主と思しき人物がなぜこんなところにいるのかと、弥助が目を丸くした。

右近はそれに取り合わない。背後を振り返り、誰かを手招きするような仕草を見せた。

「ああ、お峯《みね》はん。ここにおりましたわ。あっちの、黒っぽい人どす」

そう言って、まっすぐに弥助を指し示す。

次の瞬間、突風が吹き込んできたのかと錯覚した。そのくらいの凄まじさで、女が駆け込んできたのだった。

ずいぶん大柄な人だなと思ったときにはもう、弥助はその女に組み伏せられていた。

ぎりぎりと、弥助の腕があらぬ方向にねじ曲げられている。痛みに呻く声は、お峯と呼ばれた女の叫びにかき消された。

「ちくしょう、てめぇか。アタシの妹を、岡場所に売っぱらいやがったのは！」

そのころにはもう、表通りには人が集まりはじめていた。

香乃屋の主人もなにごとかと、内所から暖簾をかき分けて顔を覗かせた。

戸口には、色男の弥助にのぼせ上がっていた娘たちの姿も窺える。

お峯は体つきと同様に、声も大きい。弥助を口汚く罵りながら、その悪行を声高に言い立てた。

「よくも可愛い妹を、女郎屋なんぞに売っぱらってくれたね。あの子ったら騙されてるとも知らないで、『年季が明けたら弥助さんと一緒になる約束だから、心配しないで』と手紙に書き送ってきたよ。親を早くに亡くして、母親代わりになって育ててきた子だ。なんてことをしてくれたんだい！」

途中から、罵声の中に嗚咽《おえつ》が交じるようになった。しだいに増えてきた見物人から、「ひでぇ！」と批難の声が上がる。近所の娘たちも、顔を見合わせて眉を寄せている。

「待ってくれよ、早合点だ。俺は本当に、あいつの年季が明けたら一緒になるつもりで――」

「嘘つくんじゃないよ。早くも別の娘を口説いてるって、あの人が教えてくれたんだからね！」

そう言って、お峯は高みの見物を決め込んでいる右近を指差す。右近はいつの間にやら座敷に上がり、お彩が飲み残した麦湯を飲んでいた。

「そんなもんは、でたらめだ！」

弥助は唾を飛ばし、必死に言い逃れをしようとする。

しかし見物の娘たちが、そうはさせじと声を上げた。

「口説いてたよね」

「うん、誰がどう見てもお伊勢ちゃんを口説いてた」

「この、ろくでなし！」

弥助を見るたび黄色い声を上げていた娘たちの、見事な手のひら返しである。

それをきっかけに、弥助の中でなにかが切れたようだった。

「うるせぇ！」と、喉に筋を立てて怒鳴り返した。

「なにが悪いってんだ。こういう素人の娘はなぁ、俺がちょっと優しくしてやりゃ、ぽうっとなってなんでも言うことを聞くんだよ。博打で拵えた借金のかたにだって、喜んでなってくれる。見目がよけりゃ、高く売れるんだからな！」

傍らにしゃがみ込んでいたお伊勢に、人差し指を突きつけて喚き散らす。汚い言葉を聞かすまいと、文次郎が慌ててお伊勢の耳を手で塞いだ。

びくりと身を震わせて、お伊勢は目を見開いている。塞いだ手の隙間から、弥助の声が聞こえてしまったのだろう。その心の傷は、計り知れない。

なんという、ひどい話だ。お峯の妹を売り払って借金が帳消しになったのに味を占め、次はお伊勢を狙っていたのか。なまじ色男なだけに、博打で負けが込んでも女さえいればどうにかなると思ってしまった。辰五郎が言っていたとおりの、博打中毒なのである。

「この野郎。よくもいけしゃあしゃあと!」

お峯が右の拳を握り、弥助の顔を殴りつけた。間髪を入れず、左の拳も打ちつける。女とはいえ、お峯の拳は重そうだ。

「なにしやがんだ、てめぇ!」

弥助がすかさず反撃の素振りを見せるも、見物人の中から屈強な男が進み出てきて取り押さえる。ここにはもはや、弥助の味方は誰一人いなかった。

「ああ、ちくしょう。右近さんがあの子を請け出す手筈を整えてくれなきゃ、本当にどうなってたか」

身動きの取れなくなった弥助を前にして、お峯が声を放って泣きはじめる。

お彩は「えっ」と驚いて、呑気に麦湯を飲んでいる右近を振り返った。

「へぇ。わて昨日から、あちこち走り回ってましたんや」

弥助の借金がどうなったのかと気になって、お彩と別れてから、人を介して探ってみた。ほどなくして出入りしていた賭場が割れ、借金のかたに若い娘が売られていたことも、突き止めることができたという。

そこで右近は根津の女郎屋にまで足を運び、身請けの手筈を整えた。娘の姉であるお峯にも繋ぎを取ると、弥助とかいう男に会わせろとせっつかれた。だからこうして、日蔭町に伴ってきたというわけである。

「ちょっと待てよ。あいつを請け出す？　そんな金、どこにあるってんだ」

両腕をがっちりと押さえられたまま、弥助が声を張り上げる。その問いに対する答えは、思わぬところからもたらされた。

「そりゃあ、てめぇがこれから体で稼ぐんだよ」

弥助を取り押さえていた、筋骨逞しい男である。何者かと誰もが驚く中で、右近だけがにこやかに笑っている。

「へぇ、金の算段もつけときました。このお人は、芳町の陰間茶屋《かげまぢゃや》のご主人どす」

芝居町の南に位置する芳町には、男色を売る陰間茶屋が多くある。そこの主人と話がついているならば、弥助のこの先の運命は推して知るべしであった。

「まったく、勘弁してくれよ。二十歳の男なんざ、こっちの世界じゃ薹《とう》が立ってるぜ。でもまぁこれだけの美形なら、まだなんとかなるだろう」

「えっ、そんな。嘘だろ」

「つべこべ言ってねぇで、ほら、さっさと立って歩け。さっそく今日から仕込んでやるよ」

「やめろ、勘弁してくれ！」

借金のかたに女を売っておいて、いざ自分にその役が回ってくると、弥助はごねた。体を無理に捻り、どうにか逃れられないかと試みる。

「兄さん、手伝うよ」と、お峯が暴れる弥助の首根っこを押さえた。そうやって、二人がかりで引っ立ててゆく。

見物人もぞろぞろと、面白がって後に続いた。あれだけ周りに人がいたら、どうやっても逃げ出すことは叶うまい。

「あんじょうおきばりやす！」

右近が大きく手を振って、彼らを送り出す。お彩は思いもよらぬ顚末に頭がなかなか追いつかず、呆然と座り込んでいた。

「あの、文次郎さん」

か細く震えるお伊勢の声に、我に返る。

しまった。驚きのあまり、お伊勢のことをつかの間忘れていた。

なんと言って慰めたものかと、恐る恐るそちらを見遣る。文次郎もまた弥助の行く末に度肝を抜かれたらしく、お伊勢の耳を押さえたまま固まっていた。

「もうそろそろ、手を離してくれてもいいと思うんだけど」

「えっ。ああ、すみません！」

両手を上げて、文次郎が飛び退《すさ》る。さぞかし落ち込んでいるだろうと思われたお伊勢は、なぜか顔を赤らめてもじもじしていた。

「ううん、いいの。でも文次郎さんに触れられると、どきどきしちゃうのよ」

いつもは歯切れのよいお伊勢が、あからさまに恥じらっている。こんな態度は、弥助といるときには見たことがない。

「えっ、まさか！」

心で思っただけのつもりが、うっかり声に出ていたようだ。

文次郎もまた己の身になにが起こっているのか摑めぬらしく、ただひたすら両手を顔の高さに上げ続けていた。

五

「まったく、思い違いも甚だしいわよ」と、お伊勢が荒々しく息を吐く。

明けて翌日。仕事に行く前にと呼び出され、お彩はまたもや香乃屋の座敷に座っていた。

弥助と想い合っていると、周りに決めつけられていたのが不服らしい。そのうちの一人であるお彩に、お伊勢は文句をつけてくる。

「だってあたし、ずっと言い続けてきたじゃない。婿にするなら、一緒に香乃屋を盛り立てていける人がいいって」

たしかにそれは、聞いていた。でもそれが特定の誰かを指しているとは、思ってもみなかった。

「ようするに、お前のお父っぁんみたいな人だろう」

見世棚に鬢付け油を並べながら、おかみさんがしれっと言う。

「そうよ。やっぱりおっ母さんは分かってたのね」

「そりゃぁ、母娘だからね」

そういえば、香乃屋の主人も婿養子だ。控えめで決して出しゃばらないが、己の職分はまっとうする。言われてみれば文次郎とは、身に纏《まと》う気配が似ていた。

「だけど文次郎さんはあたしより歳が二つも下だから、時機がくるのを待ってたの。それなのに弥助さんと噂されていたなんて、失礼しちゃうわ」

滑らかな頬を膨らませ、お伊勢はぷりぷりと怒っている。お彩は素直に、「すみません」と謝った。

よくよく思い出してみると、文次郎を浅葱色と嘲ったのは客の娘たちで、お伊勢はなにも言っていなかった。あのときは内心腹を立てていたが、年頃の娘たちに文次郎のよさをわざわざ教えてやることもあるまいと、口を噤んでいたそうである。

「弥助さんなんかちっとも好みじゃないのに、安く見られてたのも悔しい。売られていくのを見送りながら、ざまぁ見ろと思っちゃった」

それはあの場にいた者の、総意に違いあるまい。お峯の妹は弥助を売った金で、近いうちに請け出されるらしい。

足りない分は騒動を後から知った古着屋のおかみさんが、支払わせてくれと申し出てきた。息子の非道に胸を痛め、方々に頭を下げて回っているという。

「女郎屋に売られた娘さんの苦しみを思うと、万事丸く収まったとは言えないけどねえ」

「そうね。でもあたしは文次郎さんに気持ちを伝えられたから、悪いことばかりでもなかったわ。次はあたしが、文次郎さんに好きになってもらわなきゃね」

弥助の浅はかな企みに巻き込まれそうになったけれど、お伊勢は気を取り直して前を向く。そんな娘の肩先を、おかみさんが「ま、お気張りな」と撫でてやる。

今さら気張る必要は、ないと思うけど。

どう見たって文次郎は、お伊勢のことを好いている。ただし昨日は狼狽《ろうばい》のあまり、うまく返事ができなかった。おそらく今も、現《うつつ》のことと信じられぬ気持ちでいるのだろう。

お彩はおかみさんを、ちらりと窺う。すると訳知り顔で頷き返された。

お伊勢の気持ちも文次郎の想いも、おかみさんはずいぶん前から心得ていたようだ。その上で、つかず離れず見守ってきたのである。

そうね、私から伝えるのは筋違いよね。

近いうちに文次郎も、覚悟を固めてお伊勢に想いを伝えるはずだ。それまでは、余計なことは言わずにいよう。

「なんなの、彩さん。おっ母さんと目を見交わしたりして。なにを企んでるの？」

「なんでもないよ。ほら、お彩ちゃん。今日も塚田屋だろ。そろそろお行き」

ちょうど昼四つ（午前十時頃）の鐘が鳴りはじめ、お彩は「そうね」と立ち上がる。まだ急ぐことはないのだが、これ以上長居するとお伊勢に問い詰められそうだ。

香乃屋の母娘に「行ってらっしゃい」と見送られ、お彩は初夏の空が広がる表通りに踏み出した。

このまま家には寄らず、日本橋に向かってしまおう。

香乃屋を後にしたお彩は、東海道を北へと進む。季候のよい時期とあって、手甲《てっこう》や脚絆《きゃはん》を身に着けた旅人の姿がよく目につく。皆それぞれに、己の目指す場所へと向けて行き交っていた。

南伝馬町《みなみてんまちょう》に差しかかると、いつもの癖で、絵草紙屋の初音堂《はつねどう》を冷やかしてゆく。店先に目を引くものがなければちらりと見ただけで通りすぎるのだが、今日はぴたりと足が止まった。

最も目立つ位置に置かれた見世棚に、三枚続きの錦絵が飾られている。歌川国貞《うたがわくにさだ》画、『仮名手本忠臣蔵《かなでほんちゅうしんぐら》　大序《だいじょ》』である。浅葱色の衣装を身に着けた若狭之助《わかさのすけ》と、黒ずくめの高師直《こうのもろなお》。そういえばこれは、正義と悪を意味する色分けだった。

「いらっしゃい、お彩ちゃん。この絵が気になるのかい」

昔からよく知る初音堂の主人が、にこやかに声をかけてくる。

この絵なら、平太《へいた》にもらったものが塚田屋の硯《すずり》箱の中にある。だがあれは、三枚目の石畳の色をしくじった失敗作だ。

一方見世棚に並ぶ絵は、売り物だけあってきちんと色合わせができている。

「ええ、三枚ともいただきます」

そう言って、お彩は懐から財布を取り出した。

初出　「オール讀物」二〇二二年六月号、十一月号、
十二月号、二〇二三年三・四月合併号、八月号
本書は文春文庫オリジナルです

文春文庫

江戸《えど》彩《いろど》り見立《みた》て帖《ちょう》
粋《いき》な色《いろ》 野暮《やぼ》な色《いろ》

定価はカバーに表示してあります

2023年9月10日 第1刷
2023年9月30日 第2刷

著 者 坂井希久子《さかいきくこ》

発行者 大沼貴之
発行所 株式会社 文藝春秋

東京都千代田区紀尾井町 3-23 〒102-8008
TEL 03・3265・1211㈹
文藝春秋ホームページ http://www.bunshun.co.jp

落丁、乱丁本は、お手数ですが小社製作部宛お送り下さい。送料小社負担でお取替致します。

印刷・凸版印刷 製本・加藤製本
Printed in Japan
ISBN978-4-16-792097-5

（　）内は解説者。品切の節はご容赦下さい。

佐藤雅美
怪盗 桐山の藤兵衛の正体
八州廻り桑山十兵衛
消息を絶っていた盗賊「桐山の藤兵衛一味」。再び動き始めたのはなぜか。時代に翻弄される人々への、十兵衛の深い眼差しが胸を打つ。人気シリーズ最新作にして、最後の作品。
さ-28-26

佐藤雅美
美女二万両強奪のからくり
縮尻鏡三郎
町会所から二万両が消えた！　前代未聞の事件は幕閣の醜聞に発展する。殺される証人、予測不能な展開。果たして鏡三郎たちは狡猾な事件の黒幕に迫れるか。縮尻鏡三郎シリーズ最新作。
さ-28-25

酒見賢一
泣き虫弱虫諸葛孔明　第壱部
口喧嘩無敗を誇り、自分をいじめた相手には火計（放火）で恨みを晴らす、なんともイヤな子供だった諸葛孔明。新解釈にあふれ、無類に面白い酒見版「三国志」、待望の文庫化。（細谷正充）
さ-34-3

酒見賢一
墨攻
古代中国、「墨守」という言葉を生んだ謎の集団・墨子教団。たった一人で大軍勢から小さな城を守った男を、静謐な筆致で描いた鬼才の初期傑作。（小谷真理）
さ-34-5

坂井希久子
色にいでにけり
江戸彩り見立て帖
鋭い色彩感覚を持つ貧乏長屋のお彩。その才能に目をつけた右近。強引な右近の頼みで、お彩は次々と難題を色で解決していく。江戸のカラーコーディネーターの活躍を描く新シリーズ。
さ-59-3

佐伯泰英
神隠し
新・酔いどれ小籐次（一）
背は低く額は禿げ上がり、もくず蟹のような顔の老侍で、無類の大酒飲み。だがひとたび剣を抜けば来島水軍流の達人である赤目小籐次が、次々と難敵を打ち破る痛快シリーズ第一弾！
さ-63-1

佐伯泰英
御鑓拝借《おやりはいしやく》
酔いどれ小籐次（一）決定版
森藩への奉公を解かれ、浪々の身となった赤目小籐次、四十九歳。胸に秘する決意、それは旧主・久留島通嘉の受けた恥辱をすすぐこと。仇は大名四藩。小籐次独りの闘いが幕を開ける！
さ-63-51

佐伯泰英
陽炎ノ辻
居眠り磐音（一）　決定版
豊後関前藩の若き武士三人が、帰着したその日に、互いを斬る窮地に陥る。友を討った哀しみを胸に江戸での浪人暮らしを始めた坂崎磐音は、ある巨大な陰謀に巻き込まれ……。
さ-63-101

佐伯泰英
声なき蟬
空也十番勝負（一）決定版（上下）
若者は武者修行のため〝異国〟薩摩を目指す。名を捨て、無言の行を己に課す若者を、国境を守る影の集団「外城衆徒」が襲う！「居眠り磐音」に続く「空也十番勝負」シリーズ始動。
さ-63-161

佐伯泰英
初詣で
照降町四季（一）
日本橋の近く、傘や下駄問屋が多く集まる町・照降町に「鼻緒屋」の娘・佳乃が三年ぶりに出戻ってきた——江戸の大火を通して描く、知恵と勇気の感動ストーリー。
さ-63-201

澤田瞳子
若冲
緻密な構図と大胆な題材、新たな手法で京画壇を席巻した若冲。彼を恨み、自らも絵師となりその贋作を描き続ける亡き妻の弟との相克を軸に天才絵師の苦悩の生涯を描く。（上田秀人）
さ-70-1

坂岡　真
火盗改しノ字組（一）
真《ま》っ向《こう》勝負《しょうぶ》
その屍骸は口から鯖の尾鰭が飛び出ていた——。火付盗賊改方の「しノ字組」同心・伊刈運四郎は、供頭・杉腰小平太ら曲者の仲間達と犯人を逐う！　若き新参侍を描くシリーズ第一弾。
さ-71-1

坂岡　真
火盗改しノ字組（二）
武士《もののふ》の誇り
伊刈運四郎ら「しノ字組」は、白兎の面を被る凶賊「因幡小僧」捕縛に失敗。別の辻斬り事件の探索で運四郎は白兎に襲われる。神出鬼没の白兎の正体は？　書き下ろしシリーズ第二弾。
さ-71-2

佐藤巖太郎
会津執権の栄誉
長く会津を統治した芦名家で嫡流の男系が途絶え、常陸の佐竹家より婿養子を迎えた。北からは伊達政宗が迫り、軋轢が生じた芦名家中の行方は家臣筆頭・金上盛備の双肩に。（田口幹人）
さ-74-1

（　）内は解説者。品切の節はご容赦下さい。

坂上　泉
へぼ侍
明治維新で没落した家を再興すべく西南戦争へ参加した錬一郎。しかし、彼を待っていたのは、一癖も二癖もある厄介者ばかりの部隊だった――。松本清張賞受賞作。（末國善己）
さ-75-1

司馬遼太郎
竜馬がゆく（全八冊）
土佐の郷士の次男坊に生まれながら、ついには維新回天の立役者となった坂本竜馬の奇跡の生涯を、激動期に生きた多数の青春群像とともに大きなスケールで描く永遠の傑作青春小説。
し-1-67

司馬遼太郎
坂の上の雲（全八冊）
松山出身の歌人正岡子規と軍人の秋山好古・真之兄弟の三人を中心に、維新を経て懸命に近代国家を目指し、日露戦争の勝利に至る勃興期の明治をあざやかに描く大河小説。（島田謹二）
し-1-76

司馬遼太郎
翔ぶが如く（全十冊）
明治新政府にはその発足時からさまざまな危機が内在外在していた。征韓論から西南戦争に至るまでの日本の近代をダイナミックかつ劇的にとらえた大長篇小説。（平川祐弘・関川夏央）
し-1-94

白石一郎
海狼伝
日本の海賊の姿を詳細にかつ生き生きと描写し、海に生きる男たちの夢とロマンを描いた海洋冒険時代小説の最高傑作。第97回直木賞受賞作。（北上次郎）
し-5-29

高橋克彦
鬼九郎孤月剣　舫鬼九郎4
父との対面を果たすため、九郎は仲間たちと京に向かう。だが九郎の存在を厭う父の命を受けた風魔衆が、次々と一行に襲いかかる。鬼九郎の運命は？　シリーズ完結編。（西上心太）
た-26-22

田中芳樹
蘭陵王
あまりの美貌ゆえに仮面をつけて戦場に出た中国史上屈指の勇将、高長恭（蘭陵王）。崩れかけた国を一人で支えながら暗君にうとまれ悲劇的な死をとげた名将の鮮烈な生涯。（仁木英之）
た-83-1

高殿　円
剣と紅
戦国の女領主・井伊直虎
徳川四天王・井伊直政の養母にして、遠州錯乱の時代に一命を賭して井伊家を守り抜いた傑女。二〇一七年NHK大河ドラマにもなった井伊直虎の、比類なき激動の人生！　（末國善己）
た-95-1

高殿　円
主君
井伊の赤鬼・直政伝
お前の〝主君〟はだれだ？　井伊家再興の星として出世階段を駆け上る井伊直政。命知らずの直政に振り回されながら傍で見守り続けた木俣守勝の目からその生涯を描く。　（小林直己）
た-95-2

田牧大和
甘いもんでもおひとつ
藍千堂菓子噺
菓子職人の兄・晴太郎と商才に長けた弟・幸次郎。次々と降りかかる難問奇問に、知恵と工夫と駆け引きで和菓子屋を切り盛りする。和菓子を通じて、江戸の四季と人情を描く。　（大矢博子）
た-98-1

田牧大和
晴れの日には
藍千堂菓子噺
菓子バカの晴太郎が恋をした!?　ところが惚れた相手の元夫は、奉行所を牛耳る大悪党。前途多難な恋の行方に不穏な影が忍び寄る。著者オリジナルの和菓子にもほっこり。　（姜　尚美）
た-98-2

千野隆司
出世商人《しゅっせあきんど》（一）
急逝した父が遺したのは、借財まみれの小さな艾屋《もぐさや》だった。跡を継ぎ、再建を志した文吉だったが、そこには商人としての大きな壁が待ち受けていた!?　書き下ろし新シリーズ第一弾。
ち-10-1

千野隆司
出世商人（二）
借財を遺し急逝した父の店を守る為、新薬の販売に奔走する文吉。しかし、その薬の効能の良さを知る商売敵から、悪辣な妨害が……。文吉は立派な商人になれるのか。シリーズ第二弾。
ち-10-2

津本　陽
剣豪夜話
剣道三段、抜刀道五段の著者が描く武人の魂。歴史に名を刻んだ剣豪、現代に生きる伝説的な武人。その壮絶な技と人生を通じて、日本人の武とは何かを考える、著者最後となる一冊。
つ-4-72

（　）内は解説者。品切の節はご容赦下さい。

恒川光太郎
金色機械
時は江戸。謎の存在「金色様」をめぐって禍事が連鎖する——。人間の善悪を問うた前代未聞のネオ江戸ファンタジー。第67回日本推理作家協会賞受賞作。（東　えりか）
つ-23-1

鳥羽　亮
八丁堀「鬼彦組」激闘篇　奇怪な賊
大店に賊が押し入り番頭が殺され、大金が盗まれた。中からは厳重に戸締りされていて、完全密室状態だった。そしてまた別の店が——一体どうやって忍び込んだのか！　奴らは何者か？
と-26-15

鳥羽　亮
八丁堀「鬼彦組」激闘篇　福を呼ぶ賊
福猫小僧なる独り働きの盗人が、大店に忍び込み、挨拶代わりに招き猫の絵を置いていくという事件が立て続けに起きた。被害にあった店は以前より商売繁盛となるというのだが……。
と-26-16

土橋章宏
チャップリン暗殺指令
昭和七年（一九三二年）、青年将校たちが中心となり首相暗殺などクーデターを画策。陸軍士官候補生の新吉は、来日中の喜劇王・チャップリンの殺害を命じられた——。傑作歴史長編。
と-33-1

永井路子
炎環
辺境であった東国にひとつの灯がともった。源頼朝の挙兵、それはまたたくまに関東の野をおおい、鎌倉幕府が成立した。武士たちの情熱と野望を描く、直木賞受賞の名作。（進藤純孝）
な-2-50

永井路子
北条政子
伊豆の豪族北条時政の娘・政子は流人源頼朝に恋をする。源平の合戦、鎌倉幕府成立。御台所となり実子・頼家や実朝、北条一族、有力御家人の間で乱世を生きた女を描く歴史長編。（大矢博子）
な-2-55

中村彰彦
二つの山河
大正初め、徳島のドイツ人俘虜収容所で例のない寛容な処遇がなされ、日本人市民と俘虜との交歓が実現した。所長こそサムライと称えられた会津人の生涯を描く直木賞受賞作。（山内昌之）
な-29-3

中村彰彦
名君の碑
保科正之の生涯
二代将軍秀忠の庶子として非運の生を受けながら、足るを知り、傲ることなく、兄である三代将軍家光を陰に陽に支え続け、清らかにこの世に身を処した会津藩主の生涯を描く。（山内昌之）
な-29-5

新田次郎
武田信玄
（全四冊）
父・信虎を追放し、甲斐の国主となった信玄は天下統一を夢みる（風の巻）。信州に出た信玄は上杉謙信と川中島で戦う（林の巻）。長男・義信の離反（火の巻）。上洛の途上に死す（山の巻）。
に-1-30

葉室　麟
銀漢の賦
江戸中期、西国の小藩で同じ道場に通った少年二人。不名誉な死を遂げた父を持つ藩士・源五の友は、名家老に出世していた。彼の窮地を救うために源五は……。松本清張賞受賞作。（島内景二）
は-36-1

葉室　麟
山桜記
命の危険を顧みず、男は妻のため出兵先の朝鮮半島から日本へ還る（「汐の恋文」）。大名の座を捨て、男は妻と添い遂げた（「花の陰」）。戦国時代の秘められた情愛を描く珠玉の短編集。（澤田瞳子）
は-36-7

畠中《はたけなか》　恵
まんまこと
江戸は神田、玄関で揉め事の裁定をする町名主の跡取・麻之助。このお気楽ものが、支配町から上がってくる難問奇問に幼馴染の色男・清十郎、堅物・吉五郎と取り組むのだが……。（吉田伸子）
は-37-1

畠中　恵
こいしり
町名主名代ぶりは板についてきたものの、淡い想いの行方は皆目見当がつかない麻之助。両国の危ないお二イさんたちも活躍する、大好評「まんまこと」シリーズ第二弾。（細谷正充）
は-37-2

畠中　恵
こいわすれ
麻之助もついに人の親に?!　江戸町名主の跡取り息子高橋麻之助が、幼なじみの色男・清十郎、堅物・吉五郎とともに様々な謎と揉め事に立ち向かう好評シリーズ第三弾。（小谷真理）
は-37-3

（　）内は解説者。品切の節はご容赦下さい。

花房観音
色仏
十一面観音像に魅せられた青年・烏。僧になるため京の町にやって来たが、ある女と出会い、仏の道を諦め……。幕末を舞台に男女の情欲と人間の業を色濃く描いた野心作。（雨宮由希夫）
は-55-2

平岩弓枝
御宿かわせみ
「初春の客」「花冷え」「卯の花匂う」「秋の蛍」「倉の中」「師走の客」「江戸は雪」「玉屋の紅」の全八篇を収録。江戸大川端の小さな旅籠「かわせみ」を舞台とした人情捕物帳シリーズ第一弾。
ひ-1-201

平岩弓枝
新・御宿かわせみ
時は移り明治の初年。幕末の混乱は「かわせみ」にも降り懸かる。次代を背負う若者たちは悲しみを胸に抱えながらも、激動の時代を確かに歩み出す。大河小説第二部、堂々のスタート。
ひ-1-235

火坂雅志
天地人　（上下）
主君・上杉景勝とともに、信長、秀吉、家康の世を泳ぎ抜いた名宰相直江兼続。〝義〟を貫いた清々しく鮮烈なる生涯を活写する長篇歴史小説。NHK大河ドラマの原作。（縄田一男）
ひ-15-6

火坂雅志
真田三代　（上下）
山間部の小土豪であった真田氏は幸村の代に及び「日本《ひのもと》一の兵《つわもの》」と称されるに至る。知恵と情報戦で大勢力に伍した、地方の、小さきものの誇りをかけた闘いの物語。（末國善己）
ひ-15-11

百田尚樹
幻庵《げんなん》　（全三冊）
「史上最強の名人になる」囲碁に大望を抱いた服部立徹、幼名・吉之助は、後に「幻庵」と呼ばれ、囲碁史にその名を刻む風雲児だった。天才たちの熱き激闘の幕が上がる！（趙　治勲）
ひ-30-1

藤沢周平
隠し剣孤影抄
剣客小説に新境地を開いた名品集〝隠し剣〟シリーズ。剣鬼と化し破牢した夫のため捨て身の行動に出る人妻、これに翻弄される男を描く「隠し剣鬼ノ爪」など八篇を収める。（阿部達二）
ふ-1-38

藤沢周平
海鳴り（上下）
心が通わない妻と放蕩息子の間で人生の空しさと焦りを感じる紙屋新兵衛は、薄幸の人妻おこうに想いを寄せ、闇に落ちていく。人生の陰影を描いた世話物の名品。　（後藤正治）
ふ-1-57

藤井邦夫
恋女房　新・秋山久蔵御用控（一）
〝剃刀〟の異名を持つ南町奉行所吟味方与力・秋山久蔵が帰ってきた！　嫡男・大助が成長し、新たな手下も加わってスケールアップした、人気シリーズの第二幕が堂々スタート！
ふ-30-36

藤井邦夫
騙《かた》り屋《や》　新・秋山久蔵御用控（二）
可愛がっている孫に泣きつかれた呉服屋の隠居が金を用立ててやると、実はそれは騙りだった。どうやら年寄り相手に騙りを働く一味がいるらしい。久蔵たちは悪党どもを追い詰める！
ふ-30-37

藤原緋沙子
切り絵図屋清七
ふたり静
絵双紙本屋の「紀の字屋」を主人から譲られた浪人・清七郎は、人助けのために江戸の絵地図を刊行しようと思い立つ。人情味あふれる時代小説書下ろし新シリーズ誕生！　（縄田一男）
ふ-31-1

藤原緋沙子
岡っ引黒駒吉蔵《くろこまのきちぞう》
甲州出身、馬を自在に操る吉蔵が、江戸で岡っ引になり大活躍。ある日町を暴走する馬に飛び乗り、惨事を防ぐ。怪我人がいないか調べるうち、板前の仙太郎と出会うが……。新シリーズ！
ふ-31-7

藤原緋沙子
花鳥
生類憐れみの令により、傷ついた小鳥を助けられず途方に暮れていた少女を救ったのは後の六代将軍家宣だった。七代将軍家継の生母となる月光院の人生を清冽に描く長篇。　（菊池　仁）
ふ-31-30

万城目　学
とっぴんぱらりの風太郎（上下）
関ヶ原から十二年。伊賀を追われ京で自堕落な日々を送る〝ニート忍者〟風太郎。行く末は、なぜか育てる羽目になった「ひょうたん」のみぞ知る。初の時代小説、万城目ワールド全開！
ま-24-5